11字谜案

11文字の殺人

东野圭吾

东野圭吾作品

〔日〕东野圭吾——————著 羊恩媺——————译

人民文学出版社

著作权合同登记号　图字 01-2019-4891

图书在版编目(CIP)数据

11 字谜案 /(日)东野圭吾著;羊恩媺译. —北京:人民文学出版社,2020(2023.3 重印)
(东野圭吾作品)
ISBN 978-7-02-015604-7

Ⅰ.①1…　Ⅱ.①东…　②羊…　Ⅲ.①长篇小说-日本-现代　Ⅳ.①I313.45

中国版本图书馆 CIP 数据核字(2019)第 176334 号

责任编辑　朱卫净　陶媛媛
装帧设计　钱　珺

出版发行　人民文学出版社
社　　址　北京市朝内大街 166 号
邮政编码　100705

印　　制　上海盛通时代印刷有限公司
经　　销　全国新华书店等

字　　数　104 千字
开　　本　890 毫米×1240 毫米　1/32
印　　张　5.75
版　　次　2020 年 1 月北京第 1 版
印　　次　2023 年 3 月第 8 次印刷

书　　号　978-7-02-015604-7
定　　价　69.00 元

如有印装质量问题,请与本社图书销售中心调换。电话:010-65233595

11 字谜案

目　录

独白 1　1

第一章　刑警来的那一天　2

第二章　他留下来的东西　21

独白 2　42

第三章　消失的女人与死去的男人　43

第四章　谁留下的讯息　64

独白 3　92

第五章　盲女的话　93

第六章　再度去海边　109

独白 4　118

第七章　关于那个奇妙的夜晚　119

第八章　孤岛杀人事件　125

第九章　什么也没发生　145

独白 1

信写到最后，我略微感到一阵晕眩。

这是一封只写了一行的无用的信，但一切都是从这行字开始的。

而且无法回头。

我没花多久就做好了决定。

只是要不要执行而已。除此之外，没有别的选择。

当然，这个决定势必会和其他人的意见不同吧！他们被“正当”这两个字约束，提出了第三条路。

更何况——人们这么说——人类是一种软弱的生物。

这是大众的普遍说法，但并不确切。

不过是一些让人听了猛打哈欠的无聊意见罢了，内容只有谎言和逃避。那种意见无论交流过多少次，还是得不出任何结论，更遑论动摇我的心了。

现在，我的心被深深的憎恨支配着。我无法舍弃这份憎恨，也无法带着它活下去。

只有执行。然后我要再次问问他们：真正的答案究竟是什么？

不——

他们应该不会告诉我！一开始，我就已经知道真正的答案。

想到这里，我心里的憎恨便如熊熊烈火般燃烧起来。

来自无人之岛的满满杀意

——只有这样，这代表了全部。

第一章　刑警来的那一天

1

“我被盯上了。”

他将盛有波本酒的玻璃杯倾斜着，杯中冰块发出“喀啦喀啦”的声音，在波本酒里舞动着。

“被盯上？”

我懒洋洋地应声道，只觉得他在开玩笑。

“被盯上……是指什么？”

“命。”

他回答。

“好像有人想杀我。”

我仍笑着。

“干吗要你的命？”

“唉……”

他稍微沉默了一下，再度开口说道：“我也不知道。到底是为了什么呢？”

他的声音听起来过分沉重，害得我笑不出来了。我盯着他的侧脸看了一会儿，转头望向吧台后酒保的脸，然后再将视线移回自己的双手。

“不知道为什么，但是有感觉，是吗？”

“不只是感觉，”他说，“是真的被盯上了。”

他又向酒保要了杯波本酒。

环顾四周，确定没有人在注意我俩，我喊了他一声：“能不能说详细点？究竟发生了什么事？”

“就是……”他一口喝干波本酒，又燃起一支烟，“被人盯上了呀！只是这样。”

然后他压低声音说了声：“这下糟了。原本我是不想说的，不过还是忍不住讲了出来。我想大概是因为白天那件事吧！”

“白天那件事？”

“没什么！”他说完摇了摇头，“总之，不是你该知道的事。”

我盯着自己手里的玻璃杯。

“因为就算我知道了，问题也无法解决？”

“不仅如此，”他说，“还会造成你无谓的担心。而且就我而言，也不会因为跟你说了这些事，心中的不安就会减少。”

对他的话，我没有做出任何反应，只是换了下在吧台下交叉跷起的左右脚。

“嗯，总而言之，你被某个人盯上了？”

“没错。”

“但不知道对方是谁？”

“真是奇妙的问题！”

这是今天自他进酒吧以来第一次露出微笑，白色的烟雾从他齿间飘出来。

“一条小命被盯上了，但对方是谁，自己心里完全没数。真有人能这么断言吗？换作是你呢？”

“换作是我的话，”我顿了顿，“可以说有数，也可以说没数，因为我觉得杀意和价值观有共同点。”

“我跟你有同感。”

他慢慢地点头。

“所以其实你心里有数吧？”

“不是我自负，不过大致的来龙去脉，我是知道的。”

“可是不能说出来。”

“总觉得如果从自己的嘴巴里说出来，好像会让这件事成真。”他接着说，“我是很胆小的。”

然后，我们便沉默地喝着酒。喝累了，就放下玻璃杯走出酒吧，在蒙蒙细雨中漫步。

“我是很胆小的。”

——这是在我记忆中，他说过的最后一句话。

2

他——川津雅之，是我通过朋友介绍而认识的。

这位朋友其实是我的责任编辑，名叫萩尾冬子。冬子是在某出版社工作将近十年的职业女性。她像一位英国妇人，总是穿着光鲜亮丽的套装，帅气地挺着胸膛走路。我自从进入这行就和她结识，算算差不多三年了。她和我同岁。

冬子在我面前没提稿子，反而先提起男人。那大概是在两个月前，我记得是宣布奄美大岛进入梅雨季节的那一天。

“我认识了一个很棒的男人呢！”她一脸认真地说，“自由作家川津雅之。你认识吗？”

不认识。我这么回答。大部分的同行，我都叫不出名字，更不可能认识什么自由作家。

据冬子所言，好像是因为那个川津雅之准备出书，商谈细节的时候正巧和冬子同桌，两个人就这么认识了。

“不但个子高，还是美男子。”

“是哦。”

冬子会说起男人的事，非常罕见。

“冬子推荐的男人，我还挺想见见。”

我说完，冬子就笑了出来。

“嗯，下次吧。”

我没有把这些话真当一回事，她好像也是如此，像一个随意提起的话题，很快忘掉了。

不过，几个礼拜后，我终究见到了川津雅之，他刚好就在我和冬子去的那间酒吧里，跟某个在银座举办过个人画展的胖画家在一起。

川津雅之的确是个好看的男人。身高大概一米八，加上晒得很均匀的肤色，十分引人注目，身上穿的白色夹克也非常适合他。注意到冬子之后，他从吧台向我们轻轻招手。

冬子轻松地和他闲聊，接着把我介绍给他。跟我预想的一样，他并不知道我的名字。听说我是推理作家，也只是疑惑地点点头。大部分人的反应都是这样。

在那之后，我们在那间酒吧里聊了很长一段时间。现在回想起来，甚至觉得有点不可思议，怎么会有那么多话题可以聊呢？而且当时到底说了些什么，我都想不起来了。唯一记得的是，聊到最后，只有我和川津雅之两个人步出那间酒吧，踏入另一家店，然后大约在一个小时内离开。虽然我已经有点醉意，但没让他送我回家。他也没有坚持。

三天后，他打电话来约我出去吃饭。反正没有拒绝的理由，他的确是一个不错的男人。我没怎么犹豫就答应了。

“推理小说的魅力是什么？”

进了餐厅，点完餐，用桌上的白酒润了润喉，他问道。我想都没想，就机械性地摇了摇头。

“意思是你‘不知道’？”

他问。

“如果知道，书会更畅销。”我回答道，“你觉得呢？”

他一边挠着鼻翼一边说：“造假的魅力吧。发生在现实生活中的事，有很多都没办法辨清黑白，好和坏的分界很模糊。所以就算我们提出疑问，也无法期待得出一个精准的结论，永远只能得见真相的冰山一角。从这方面来看，小说却能全面完成。小说本身就是一座建筑物，而推理小说则是这个建筑物之中凝聚最深功力的部分。”

“或许真的是这样。”我说，“你也曾为了辨清善与恶的分界而烦恼过？”

“这个啊，有哦。”

他微微扬起嘴角。看来是真话，我想。

“曾经把它们写进文章里吗？”

“有的曾经写过，”他回答道，“不过，没办法写的事情也很多。”

“为什么没办法写？”

“很多原因。”

他似乎有点不太高兴，不过很快又恢复了温柔的表情，开始谈起绘画。

这天晚上，他来到我的住处。由于我的房间里到处残留着前夫的气息，他起初似乎吓了一跳。但没过多久，他好像就习惯了。

“他是新闻记者，”我提起前夫，“是几乎不待在家里的人。到了最后，他找不到回到这屋子来的意义了。”

“所以没再回来？”

“就是这样。”

川津雅之在前夫曾经拥抱过我的床上，比前夫更温柔地和我做爱。结束后，他用双手环绕着我的肩头说：“下次要不要来我家？”

我俩平均每个礼拜见一两次面。大部分都是他来我家，我偶尔也会去他家。他虽然单身，而且从没结过婚，但是他的房间整洁得令人看不出这一点。我甚至曾经想象过是不是有人专门替他打扫房间。

我俩的关系很快被冬子知道了。她来找我拿稿子的时候，他正好也在，所以我没什么好解释的。其实，本来就没有辩解的必要。

“你爱他？”

冬子和我独处的时候，主动问我。

“我很喜欢他。”

我回答。

“结婚呢？”

“怎么可能？”

“是哦。”

冬子有点放心地吐了口气，线条完美的嘴唇浮出一丝笑意。

“把他介绍给你的人是我，看到你们感情很好，我当然也很高兴，不过我还是希望你不要太投入。保持现在这种交往状态才是最正确的。”

“别担心，我有过一次婚姻失败的教训。”

我说。

又过了两个月，我和川津雅之的关系依旧保持在和冬子约定的那个程度。六月，我们两个人单独去旅行，我很庆幸他没有提到任何关于结婚的事。要是他真的说出口，我就不得不烦恼了。

不过回头想想，即使他提出结婚的要求也不奇怪。他三十四岁，正处于“理所当然考虑婚姻大事”的年龄。也就是说，他和我交往的时候也默默地希望我们的关系保持一定的距离吧？

然而，现在思考这些事已经失去任何意义。

我们相识两个月之后，川津雅之在大海里送了命。

3

七月的某一天，刑警来家里告知我他的死讯。刑警比我平时在小说中所描写的更为普通，但很有感觉——也可以说更有说服力。

“他的尸体今早在东京湾漂浮时被人发现。拉上岸后，身上的物品证明他是川津雅之。”

一名年纪不到四十岁、感觉很强壮的矮个子刑警说道。还有一名年轻的刑警站在他旁边，只是安静地站着。

我沉默了几秒钟，然后吞了一口口水。

“确认身份了？”

“是的。”刑警点点头，“他的老家是在静冈吧？我们从那里请了他妹妹来认尸，齿模和X光片也都比对过了。”

接着，刑警十分谨慎地说：的确是川津雅之先生。

我还是无法回应。

“我们想请教您一些问题。”刑警又开口说道。他们站在玄关处，大门仍敞着。

我麻烦他们先到附近的咖啡厅稍等。于是刑警们点点头，静静离开了。之后，我依旧待在玄关处，呆呆地望着门外。没过多久，我深深地叹了一口气，把门关上，回到卧室更换外出服。当我站在穿衣镜前打算擦点口红时，吓了一跳。

镜子里映出我异常疲倦的面容，似乎连做出一丁点表情都吃力。

我将视线从镜子里自己的脸上移开，调整呼吸，重新和镜子里的我四目交接。这次的我变得有点不太一样了。我认同地点点头。喜欢他，是千真万确的事实。喜欢的人死掉了，感到悲伤也理所当然。

几分钟后，我到了咖啡厅，和刑警面对面地坐着。这是我时常光顾的咖啡店，店里也提供蛋糕，很爽口，一点不甜腻。

“他是被杀害的。”

刑警像在宣布什么似的说道。不过，我并不为此感到惊讶。这是预料中的答案。

“请问他是怎么死的？”我问。

“十分残忍的方式。”刑警皱眉，“后脑勺被钝器重击，之后被丢弃在港口边，简直像是被随手乱扔的垃圾。”

我的男朋友像垃圾被人随手丢弃了。

刑警轻轻咳了一声，我抬起头。

“那么致死原因是颅内出血之类？”

“不是。”

他说出这句，重新端详我的脸之后，再度开口说道：“现阶段还无法做出任何结论。后脑处的确有被重击的痕迹，不过在解剖结果出来前，无法下定论。”

“这样吗？”

也就是说，凶手有可能先用别的方法把他杀死，再重击他的后脑勺，之后弃尸。倘若真是如此，凶手为何要做到这种程度？

“还想请问一下，”大概因为我一脸恍惚，所以刑警开口叫我，“您好像和川津先生很亲近？”

我点点头，没有理由否认。

“是情侣？”

“至少我这么觉得。”

刑警询问我们相识的经过，我照实回答。虽然担心造成冬子的困扰，但我最终还是说出了她的名字。

“您最后一次和川津先生交谈是什么时候？”

我想了一下，回答："前天晚上，他约我出去。"

在餐厅吃饭，然后去酒吧喝酒。

"你们聊了些什么？"

"很多……"我低下头，将视线聚焦在玻璃制的烟灰缸旁，"他提到自己被盯上了。"

"被盯上？"

"嗯。"

我把前天晚上他跟我说的话告诉刑警。很明显，刑警听完，眼神中散发出热切的光。

"这么说来，川津先生自己心里其实有数？"

"可是没办法断定。"

他从没断言过自己真的知道什么。

"那么，您对这件事有什么看法？"

我低头说："不清楚。"

之后，刑警向我询问他的私交、工作等方面的事情。我几乎可以说完全不知情。

"那么，请问您昨天的行踪？"

这最后一个问题是关于我的不在场证明。对方之所以没有提到详细的时间，大概是因为还没有判定准确的死亡时间。不过就算有了精确的时间，我的不在场证明对于厘清案情也毫无帮助。

"昨天我整天都待在家里工作。"我回答道。

"如果您可以提供证明，我们处理起来会方便很多。"

刑警盯着我。

"对不起，"我摇摇头，"可能提供不了。家里只有我一个人，而且在这段时间内也没有人来访。"

"真是可惜。令人觉得可惜的事情还真多。百忙之中占用您的时间，真不好意思。"

刑警说完便站了起来。

当天傍晚，冬子如我预期般地出现了。她的呼吸很急促，甚至让我以为她是狂奔过来的。我开着文字处理机，一个字都还没键入，就拿了一罐啤酒想要喝。喝啤酒前我先哭了一阵子，等哭累了才开始喝酒。

“你听说了吗?”

冬子看着我的脸。

“刑警来过了。”

我回答。

她刚听到的时候好像有些惊讶，不过很快又像是觉得理所当然，默默地接受了我的答案。

“你有什么头绪吗?”

“倒是没有，不过我知道他被盯上了。”

接着，我把前天和川津雅之的对话告诉张口结舌的冬子。她听完，像之前的刑警那样遗憾地摇摇头。

“有什么你可以做的？比方说跟警察讨论之类的。”

“我不知道。不过，既然他没有跑去告诉警察，想必自有原因。”

冬子又摇摇头。

“你毫无头绪吗?”

“是呀，因为……”我停顿一下，继续说：“因为关于他的事，我几乎一无所知。”

“是吗?”

冬子看起来似乎很失望，露出了和早上的刑警一样的表情。

“我刚才一直在想着他的事，”我说，“但还是一无所知。他和我交往的时候，两个人都在各自的身边划了一条界线，以互不侵犯彼此的领域为原则。这次的事件刚好发生在他的领域里。”

“你要喝东西吗?”我问冬子。她点点头，我便走到厨房帮她拿啤酒。

接着，她的声音从我身后传来：“他和你聊天的时候，有没有其他什么事让你觉得印象深刻?”

“最近我们几乎没聊什么。”

“应该会说些什么吧？难不成你们一见面就马上上床?”

“差不多是那样哦。”

我这么说的同时，感觉自己的脸颊好像稍微抽动了一下。

4

两天后，他的家人为他举办了葬礼。我搭乘冬子的奥迪车前往他位于静冈的老家。很意外，高速公路的路况十分良好，从东京到他的老家只花了两小时左右。

他的老家是一栋两层楼的木造建筑，四周是围着竹篱笆的宽敞庭院，主要用途是充当家庭菜园。

大门边有两位女性静静地站着，其中一位是年过六十的银发老妇人，另一位是高而纤细的年轻女性。我想那应该是他的母亲和妹妹。

来参加葬礼的一半是他的亲戚，另一半是他的同行。不知道为什么，我一眼就看出从事出版工作的人和其他人的差异性。冬子在那些人里发现了熟人，于是走过去攀谈。那是一个皮肤黝黑、小腹稍微突起的男人，听说是川津雅之的责任编辑。经冬子介绍，我才知道他姓田村。

“除了惊讶，真的再也没有别的感觉了。”

田村一边晃着肥胖的脸一边这么说。

“根据验尸结果，他是在尸体被发现的前一天晚上被杀害的。好像是毒杀！”

“毒？”

我第一次听到这个细节。

“听说是农药。被毒死后，好像还被榔头之类的东西重击了脑袋！”

“……”

一种莫名的感觉浮上我的胸口。

“他那天晚上似乎去了一家平时经常光顾的店里吃饭，从当天吃的食物的消化状态似乎可以得出准确的推测，所以这个推测的可信度非常高。啊，这些事情您应该已经知道了吧？”

我不置可否，但轻轻地点了点头，接着问道：“推测的死亡时间大概是几点钟？”

“大约是十点到十二点，警方是这么说的。不过其实我那天曾问他，说如果有时间，要不要一起去喝一杯？结果他拒绝了我，说和别人先约好了。”

“这么说来，川津雅之曾和某个人约好要见面？”冬子说。

“好像是。早知道会发生这种事，我就该穷追猛打地问出他要去赴谁的约。”田村非常后悔地说。

“这件事，警察知道吗？”我问。

“当然！所以，他们现在好像也很积极地在寻找当时和川津雅之见面的人，不过听说至今毫无线索。”他说完，紧紧咬住下嘴唇。

上香仪式结束，我正打算回去，一个约超过二十五岁的女人走到田村身边和他打招呼。这个女人的肩膀比一般女性的宽，感觉十分男性化，发型也是男式短发。

田村对那个女人点点头，开口问道：“最近没和川津先生碰面？”

“没有，自从那次之后，我们就再也没有合作了。川津先生应该也觉得跟我不太合拍。”

女人以男性化的腔调说道。不过，她和田村可能没那么熟稔，交谈两句后，就向我们点头示意，离开了。

“她是摄影师新里美由纪。”

她走远后，田村小声地告诉我。

“以前曾经和川津一起工作过。二人的足迹遍及日本各地，川津先生写纪行文章，她负责拍照，应该在杂志上有连载。不过听说好像很快中断了。”

那已经是一年前的事了。他补上这一句。

这让我再次体认到自己对川津的工作一无所知这个事实。搞不好从现在开始，我会渐渐地了解关于他的一切，可这又有什么用呢？

5

两天后的一个傍晚，我正在做着例行的工作，感觉距离上次工作已经过去好久。这时，放在文字处理机旁的那台时尚款电话响了。拿起话筒后，听到一个声音微弱得像透过真空管传过来，我还以为自己的耳朵出了什么问题。

“不好意思，能不能请您大声一点说话？”

我这么说完，耳边突然听到“啊”的一声。

“这个音量可以吗？”

是年轻女性的声音，因为沙哑，反而更听不清楚。

“呃……可以了。请问您是哪位？”

“那个……我叫川津幸代，是雅之的妹妹。”

“哦。”

葬礼的场面在我脑海中浮现。那时，我只跟她点了点头。

“我现在正在哥哥的房间里。那个……想整理一下他的东西。”

她依然用很难听清的嗓音说道。

“这样啊。有什么我能帮忙的地方吗？”

“不用了，没关系，我一个人应该可以搞定。今天只是整理，等明天搬家公司来的时候再运送。我打电话给您，其实是有事情要跟您讨论。”

“讨论？”

“是的。”

她要讨论的事情是这样的——整理雅之的东西时，她从壁橱里翻出了大量资料和剪下来的报章杂志。这些东西当然可以作为他的遗物直接带回静冈老家，不过若这些东西能给比较亲近的人一些帮助，她觉得雅之也会高兴。如果可以，她现在就叫快递送来给我。

这对我来说当然是求之不得的好事。他的资料，可以说是一名自由作家挑战各种领域之际建立的宝库。况且，说不定能透过这些资料多了解一下生前的他。于是我答应了她的提议。

“那我尽快叫人送过去。如果现在送去，一些不需要的东西还来得及取回。那个……除了这件事，您有没有别的事需要帮忙？”

“别的事？”

“就是……比如有没有东西遗落在这个房间里忘记带走？或是哥哥的东西中有没有什么是您想要的？”

“忘记带走的东西倒是没有。”我看着摆在桌上的手提包，里头放着他房间的备用钥匙，“不过倒是有东西忘了还给他。”

当我提及忘记还给他的东西是备用钥匙时，川津雅之的妹妹告诉我直接邮寄给她就可以了。但我还是决定亲自跑一趟，一来邮寄其实很费事，二来我觉得最后去一下过世恋人的房间没什么不好。不管怎么说，我们毕竟交往了两个月。

“那我在这里等您。”

川津雅之的妹妹的声音直到挂上电话前都很小声。

他的公寓位于北新宿，一楼的 102 室就是他的住处。我按了门铃之后，在葬礼上见过的那个高高瘦瘦的女孩子出现了。瓜子脸，配上高挺的鼻梁，无疑是个美人胚子，可惜乡土味太重，可惜了那漂亮的脸蛋。

“不好意思，麻烦您跑这一趟。”

她低下了头，为我摆上室内拖鞋。

当我脱下鞋子穿上拖鞋的时候，有声音从屋子里传来，接着，某个人的脸出现了。

如果我没记错，这张探出来的脸属于在葬礼上见过的女性摄影师新里美由纪。目光交会，她低下了头，我也带着些微的困惑，对她点头示意。

“她好像曾经跟哥哥一起工作过。”雅之的妹妹对我说，“姓新里，我跟她也是刚见面。因为她说之前受了哥哥很多照顾，所以希望我能让她帮忙整理这些东西。”

接着，她把我介绍给新里美由纪：哥哥的情人、推理作家——

“请多指教。”

美由纪用和葬礼上一样的男性化腔调说完，又在屋子里消失了。

“你告诉过她明天要搬家的事？”

美由纪的身影消失后，我问幸代。

“没有，不过她好像知道不是今天就是明天，所以过来。”

“是哦……”

我怀着不可思议的心情暧昧地点了点头。

房间已经整理得差不多了，书架上的书籍有一半已经收到纸箱里去了，厨房的壁橱也空荡荡的，电视和音响的电源线都被拔掉了。

我坐在客厅的沙发上，幸代为我倒了茶。看来，餐具之类的好像还留着。幸代接着把茶端给待在雅之工作间里的新里美由纪。

“我常常听哥哥说起您的事。”她面对着我坐了下来，用十分冷静的口吻说道，“他说您是一个工作能力很强、很棒的人。”

这大概是客套话。即使如此，却不会让我感觉不好，甚至有点脸红。

我一边啜饮着刚泡好的茶一边问她：“你经常和哥哥聊天？”

“嗯，因为他大概每隔一两周就会回老家一趟。哥哥因为工作的关系，常常到处跑来跑去，我和妈妈最期待的就是听他说说工作上遇到的事情了。我在老家附近的银行工作，对外面的世界几乎完全不了解。”

她说完，喝了口茶。我发觉她讲电话时音量过低应该是先天音质造成的。

“得把这个还给你。”

我从皮包里拿出钥匙放在桌上。

幸代看了钥匙一会儿，开口问：“您和哥哥有过结婚的打算吗？”

虽然是令人困扰的问题，但不是不能回答。

“我们从来没谈过这方面的事。”我说，“一方面是因为不想绑住对方；另一方面，我们都知道，结了婚只会给对方带来不好的影响。再者……嗯，我们也都不够了解彼此。”

“不了解吗？”

她露出相当意外的表情。

“不了解，”我回答道，“几乎是完全不了解，所以我不知道他为什么会被杀害，也没有任何头绪。甚至连他过去从事什么样的工作也没问过……”

“是吗？工作的事情也没说过吗？”

“他不愿意告诉我。”

这才是正确的说法。

“啊，这样的话，”幸代起身走向堆放东西的地方，从一个装橘子用纸箱般大小的箱子里取出一捆类似废纸的东西放在我面前，“这好像是这半年来哥哥的行程表。”

原来如此，上面密密麻麻地写着各式各样的预定行程，其中和出版社会面及取材相关的好像特别多。

我的脑海里突然闪进一个念头：说不定和我的约会也写在这些废纸中。于是我开始仔细翻查他最近的行程。

看到他被杀害前的日期上方果然记着和我约会的店名与时间，那是我和他最后一次见面的日子。看到这个，莫名的战栗感突然向我袭来。

接着吸引我目光的，是写在同一天的白天时段旁一行潦草的字迹：

16:00　山森运动广场

山森运动广场是雅之加入会员的运动中心，他有时会跑去那里的健身房流流汗。类似这样的事情，我是知道的。

不过令我在意的是，他最近脚痛，照理说应该不能去健身房。还是说那天他的脚已经康复了？

“怎么了？”

因为我陷入沉默，所以川津雅之的妹妹好像有点担心地看着我。

我摇摇头回答道：“不，没什么。”

说不定真的有什么，不过我现在对自己的想法没有任何信心。

“这个可以暂时借我吗？”

我给她看了一下手上的行程表。

“请拿去。”她微笑。

话题中断，我们两个人的对话中出现了一小段空白。这时，新里美由纪从雅之的工作间走了出来。

“请问一下，川津先生的书籍类物品只有那些吗？”

美由纪用质疑的口吻问道，语气中隐含责备的意味。

“嗯，是的。”

听完幸代的回答，年轻的女摄影师带着困惑的表情，稍微将视线垂下。不过很快地，她像下了什么决心般地抬起头。

“我说的不只是那些书籍，其他诸如工作资料或结集成册的剪报之类的，有那样的东西吗？”

“工作资料？”

“您是不是有什么特别想看的东西？”

我向她询问。她的目光突然变得非常锐利。

我又说：“刚才幸代打电话给我，已经把相关的资料全部寄到我家去了。”

“已经寄出了？”

看得出来，她的眼睛又睁大了一些，接着用那双瞪得老大的眼睛看着幸代。

“真的？”

“嗯。”幸代回答，“我觉得这样处理最好……有什么问题吗？”

我看见美由纪轻轻咬住下唇。她保持这个表情一会儿，把视线转向我。

“那么，那些东西应该会在明天送达你的住处吧？”

“我不确定……”

我看着幸代。

“本市快递应该明天就会送到。”

她点点头，这样回答新里美由纪。

“是吗？”

美由纪直挺挺地站着，好像在思考什么，眼神低垂。过没多久，她再度抬起头来，感觉已经做出了决定。

“其实在川津先生的文件中有一样我非常想看的东西，出于工作需要，不管怎样一定要……”

“是吗？”

不知道为什么，我的心中浮起了奇妙的感觉。也就是说，她是为了拿到那份文件才来帮忙整理房子的。如果是这样，一开始说清楚不就好了？我心里这么想，但没说出来，只试探性地问她："那你明天要来我家拿吗？"

她的脸上闪过一丝安心的表情。

"方便吗？"

"没问题哦！你说的那个文件，一定要明天一大早拿到吗？"

"不，明天拿到就可以了。"

"那就麻烦你明天晚上过来好了。我想，晚上一定能送到。"

"真是麻烦你了。"

"哪里。"

我们约定了时间。

新里美由纪又补上一句："不好意思，还有一个不情之请，就是在我去你家之前，希望先不要将那些文件拆封。如果弄乱了，我需要的资料恐怕会很难找。"

"哦……好啊！"

这又是一个奇妙的要求，不过我还是答应她了，因为就算资料寄给我，我也不会马上拿出来研究。

我们之间的话题似乎没必要继续了，而且我自己也有一些需要好好思考的事情，于是站起来。走出房间之际，新里美由纪再次跟我确认了约定的时间。

6

这天晚上，冬子带了一瓶白酒来我家。她公司距离我家很近，所以她常常在下班后顺道绕过来，也经常在我家过夜。

我们一边品尝着酒蒸鲑鱼一边喝着白酒。虽然冬子说是便宜货，但其实味道还不错。

当瓶中的白酒剩下四分之一左右的时候，我站起身，把放在文字处理机旁边的那捆纸拿过来。这是去雅之家里时，幸代给我的雅之的行程表。

告诉冬子白天发生的事情始末之后，我指着行程表上的"16:00　山森运动广场”。

“我觉得这里有点怪。”

“川津本来就会去健身中心吧。”

冬子用一副没什么大不了的表情看着我。

“很奇怪。”

我“啪啦啪啦”地翻起行程表。

“看了这个行程表，我发现除了这一天，再没有和健身中心有关的行程。我之前曾经听他说过，他并不特别安排固定哪几天去健身，多半都是看看什么时间有空就直接过去。为什么唯独这天的健身行程会特别写下来？我觉得这件事有点诡异。而且最重要的是，他这阵子脚痛，照理说，运动什么的应该会暂停。”

“嗯。”冬子用鼻子应了一声，歪歪头，“如果事情如你所说，的确有点怪。你想到什么理由了吗？”

“嗯，我刚刚就在想，这会不会是他和某个人相约见面的地点？”

冬子还是歪着头，于是我继续说道：“也就是说，不是在下午四点去山森运动广场健身，而是在那个时间和一个名字叫山森的人约在运动广场碰面。会不会是这样？”

我看了他写的行程，发现很多行程都是以“时间＋地点＋场所”的顺序来记录，比如“13:00　山田　××社”，所以我才会试着用这种思路来解读。

冬子点了两三下头，说：“可能真的是这样。名字叫山森的人，说不定是山森运动广场的老板。会不会是去采访？”

“这么想或许比较妥当！”我稍微犹豫了一下，又开口说，“不过我也有一种‘并非如此’的感觉。之前跟冬子说过吧？他曾经告诉我，他被某个人盯上。”

“对啊！”

“那时候，他还对我说：‘原本我是不想说的，不过还是忍不住讲了出来。我想大概是因为白天那件事吧。’”

“白天那件事？那是什么？”

“我也不知道，因为他说‘没什么’。但说不定我和他的这段谈话内容，他在那天白天也对某个人说过。”

“那天就是……”冬子用下巴指着那份行程表，“下午四点，山森……的那天？”

“正是如此。”

“嗯。”冬子用同情的眼神看着我，“我觉得可能是你想太多了。”

“可能吧！”我老实地点点头，“不过，因为心里像打了个结，想赶快解开。明天我会打电话去运动广场问问。”

“你想跟山森社长见面？”

“如果能见面的话。”

冬子一口喝干玻璃杯里的酒，然后“唉”地叹了口气。

“我还真有点意外！没想到你会这么拼。”

“有吗？”

“有啊。”

“因为我很喜欢他呀。”

说完，我把瓶子里剩下的酒分别倒入二人的杯中。

第二章　他留下来的东西

1

当晚，冬子留在我家过夜。次日早上，她替我打电话去山森运动广场申请采访许可。她觉得如果以出版社的名义提出采访，对方会比较放心。

采访申请似乎顺利通过了，可是对方对于和社长见面这个请求好像有点犹豫。

“没办法跟社长对话吗？作家说，无论如何都希望能和社长见上一面，好好聊聊。”

她说的作家就是我。

过了一会儿，我听到冬子报上我的名字，想必是因为对方问了作家的姓名。我的作品销量不佳，对方应该不会知道这个名字吧？会不会因为没听过这个作家而一口回绝？我有点不安。

不过，像是要消除我的不安，冬子的表情突然明亮了起来。

“这样吗？好的，请稍等。”她用手掌盖住话筒，压低声音对我说，“对方说今天没问题。你可以吧？”

“可以。”

于是，冬子在电话里和对方敲定了见面时间——今天下午一点，公司前台见。

“看来山森社长知道你的名字。”

放下电话，冬子一边做出“V”字形手势，一边说道。

“谁知道呢？社长应该没听说过我，但他可能觉得可以顺便为运动广场做宣传。”

“感觉不是这样。”

“你太多心了。”

我的嘴角微微上扬。

从我家到运动广场，一个小时绰绰有余。我算算时间，决定在中午前出门。但当我正把一只脚穿上鞋子时，门铃响了。

打开大门就看到一个身穿被汗水濡湿的深蓝色T恤、给人感觉有点邋遢的男人站在门口，用不带任何感情的声音说：“快递。”看来是幸代寄给我的东西送来了。我脱掉只穿了一只脚的鞋子，回到房里拿印章。

送来的东西一共有两箱，箱子的尺寸比昨天看到的装橘子用纸箱还要大一倍。从胶带的封装方式不难看出幸代一丝不苟的性格。

“好像很重。”我盯着两只箱子说，“非常重，因为里面装的是资料，这类文件都相当重。”

“要不要我帮你搬？”

“好啊。”

我请送快递的男人帮我把东西搬到屋子里去。真够重的，我甚至怀疑里面是不是装了铅块。

当我准备去搬第二只纸箱的时候，有东西在我的视线范围内动了一下。

咦？

我条件反射地把脸转去那个方向，好像看到有东西瞬间消失在走廊转角处。

于是我停下手上的动作朝着那个方向看，看到一个人探出头来窥视，又把头缩回去。我只看到那个人戴了眼镜。

“欸，”我轻轻碰了碰送快递的男人的手腕，“那边的阴影处好像站了一个人。你刚才来的时候，那个人就已经在了吗？”

“咦？”

他瞪圆了眼睛，朝着我说的方向看去，然后好像想起什么似的点了点头。

“在哦，有个奇怪的老人站在那边。我把箱子用手推车运过来的时候，他一直盯着这些箱子看。我瞪了他一眼，他就把脸转开了。”

“老人？”我再度望向转角处，然后穿上夹脚拖鞋快步朝那个方向走去。当我走到转角的时候，却一个人影也看不到。我看了看电梯，发现电梯正在下行。

回到家，出来迎接我的是一脸不安的冬子。

“怎么了？”

“人已经不见了。”

我向送快递的男人打听老人的相貌，看得出来他在努力回想。

“那老人没什么特别的。白发，身高普通，穿一件浅咖啡色上衣，打扮还满得体的。长相方面，因为只是匆匆一瞥，所以不太记得。”

我向他道了谢，目送他离开，赶紧把门关上。

“冬子，你应该没有爷爷辈的朋友吧？”

话才从嘴巴里说出来，我就觉得自己像说了个无聊的笑话。冬子没有回答，反而认真地提出自己的疑问：“他在看什么？”

“如果他是在监视我家，那应该是有事找我。”

说穿了，我并不知道那老人到底是不是真的在偷窥我家，搞不好只是散散步，碰巧经过。但是在狭窄的公寓走廊上散步的确不太对劲。

“对了，这只大箱子里是什么东西？”

冬子指着那两只纸箱问我，我对她说明箱子里面的物品，顺便告诉她新里美由纪今天会来。既然如此，我一定要在约定的时间之前回来。

“也就是说，川津的过去都封存在这两个箱子里。”

冬子用感触很深的口气说道。她这么一说，我产生了一种马上拆开纸箱的冲动，不过因为和美由纪有约在先，我忍下来了。最重要的是，现在到了我非出门不可的时间。

走出家门，我搭上电梯，这时，一个想法突然闪过我的脑海：那老人不是在偷看人，而是在偷看快递送来的包裹？

在前往运动广场的途中，冬子告诉我关于山森卓也社长的种种。她觉得如果事前一点预习功课都不做，可能不太好，所以今天早上急急忙忙地替我查了一些资料。

“卓也先生的岳父是山森秀孝，山森集团那一族的。这也就是说，卓也先生是入赘的。”

山森集团的主要企业是铁路公司，最近也涉足房地产。

“卓也先生在学生时代曾经是游泳选手，好像有一段时间以参加奥运会为目标。念大学和研究所的时候主修运动生理学，毕业后进入山森百货公司。至于山森百货公司聘用他的原因，则是当时那个运动中心刚开幕，所以需要具备专业知识的员工。他的工作表现好像没让公司失望，提出的想法和项目样样出色，让原本抱有赔钱准备的运动中心赚了大钱。”

虽然以游泳选手来说，他没有取得成功，但是以企业家来说，他是一流的。

“他三十岁的时候第一次和山森秀孝副社长的女儿见面，后来两个人结婚了。次年，运动中心升级为独立企业，也就是现在的山森运动广场。在那之后的八年里，卓也先生拿到了实际经营权，也就是升任社长。这是前年的事。”

“真像是连续剧里上演的励志故事啊！”

我说出心中最直接的感想。

“当上社长之后，他仍尽心地工作，到各地演讲，进行宣传。最近还被冠以体育评论员、教育问题评论员之类的头衔，甚至有传言说他准备进入政坛。”

“野心真不小。”我说。

“好像树敌也很多。”

当冬子露出担忧的眼神时，地铁到站了。

山森运动广场是相当完备的综合运动中心，除了运动中心和健身房，还有室内游泳池和网球场，顶楼有高尔夫练习场。

在一楼前台说明来意之后，一位长头发的前台小姐请我们直接去二楼。二楼是运动中心所在地，社长办公室就在里面。

“现在做这种生意最赚钱了。”搭乘电梯的时候，冬子对我说，“在这个物质过剩的时代，想要的东西几乎都可以得到，只缺健康美丽的身体。加上日本人原本就很不擅长如何度过休假日，来这种地方则可以有效利用时间，大家都会比较安心吧！”

“原来如此。”

我钦佩地点点头。

如前台小姐所言，二楼是运动中心。楼面非常宽敞，但是在里面运动的人太多，让我完全感觉不到宽敞。距离我们最近的是一个正在和胸肌训练器材搏斗的发福中年男子，在他对面有一位老奶奶在跑步。老奶奶的脖子上挂着毛巾，努力地移动脚步，不过她的身体丝毫没有前进。仔细一看，我才发现，原来她是在一条宽宽的传送带上跑步，因为传送带一直不停地回转，老奶奶的身体就一直停留在原地。

还有一位正在骑脚踏车的肥胖妇人。当然，那也不是普通的脚踏车，而是固定在地板上的代替品，只有前方的金属板不停回转。她就像参加全能障碍赛的选手，脸上挂着好像要跟谁拼命的表情，迈动着肥胖的双腿。如果在旁边接上发电机，我想她应该可以为整层楼提供电力。

我们穿过这一大群像毛毛虫般蠕动、流出滚烫汗水、吐出火热气息的人，来到有氧教室前面。一大片玻璃窗让教室里的风景一览无遗。我看见三四十个穿着华丽紧身衣的女性跟随着舞蹈老师的动作舞动着。

“我发现一件好玩的事。”我边走边说，“这就跟学校的教室里一样，离老师越近的人，表现得越好。”

我们一面看着左手边的教室，一面继续向前走。尽头处有一扇门。打开门，映入眼帘的是两排办公桌，每排都有十张桌子，桌子旁有同等数量的人，或站或坐。桌上也都摆着成套的电脑设备，乍看之下，让人搞不太清楚这究竟是什么办公室。

由于每个人看起来好像都十分忙碌，冬子便向最靠近门边的一名感觉稳重的女性说明我们的来意。她大约二十五岁，身穿一件浅蓝色短罩衫，头发微鬈。听完冬子的话，她微笑着点了点头，接着拿起手边的话筒按了一个钮。电话好像很快被对方接起来了，于是她对话筒另一端的人告知有人来访。

但对方并没有马上和我们见面。

处理这一事务的她，一脸抱歉地看着我们。

“非常抱歉，因为社长手边突然有紧急的工作，所以没办法现在马上和两位见面，差不多一个小时后才有空。”

我和冬子互看了一眼。

“那个……所以，”这名事务小姐更谨慎地开口说，“社长说，在这段等待的时间里，请二位一定要体验一下敝公司的运动设施。他希望待会儿能听听二位的感想。”

“啊？可是我们什么都没有准备。”

我用慌张的口气说。

她听了，像是能够理解似的点点头：“训练衣或泳衣，我们这里全都有准备。用完后，二位如果想带走，也没问题。”

我看着冬子，做出无可奈何的表情。

十几分钟后，我们两个已经在室内游泳池里游泳了。免费拿到塑身泳装让我们心情大好，而且这里的会员制可以让我们悠哉地游泳。虽然因为担心脱妆，脸不能碰到水，但我们两个还是暂时忘记了盛夏的暑气，在游泳池中尽情地伸展四肢。

换好衣服，补了妆，我们前往办公室。刚才的那名女性带着微笑迎接我们。

“游泳池怎么样？”

“非常舒适。”我说，“山森先生呢？”

“请从那边的门进去。”

她手指着最里面的那扇门。我们向她道了谢，朝那扇门走去。

敲门后，一个男人的声音回应：“请进。”冬子打头，我则跟在她身后。

“欢迎。”

迎面是一张感觉很高级的大桌子，坐在桌子后方的男人站了起来。他不算高，但肩膀很宽，身上的蓝黑色西装很合身。自然不做作的刘海和晒得恰到好处的肤色令他看上去非常年轻，不过他应该超过四十岁了。浓密的眉毛和坚毅的嘴唇给人一种不服输的深刻印象。

“真抱歉，突然冒出一件非立刻解决不可的工作。”

他用清亮的声音说道。

“哪里。”

我和冬子同时点了头。

面对我们的左侧也有一张桌子，那里有一名穿白色套装的年轻女性，大概是秘书，一双像猫咪一样往上吊的眼睛，让人感觉好胜心很强。

我们报上姓名，他给了我们名片，上面印着“山森运动广场社长　山森卓也”。

“这是作家的最新作品。”

冬子从公文包中拿出我最近出版的一本书，送给山森社长。

“哦——”他像是在鉴赏茶具，从各种角度观察我的书，最后把视线停留在书封和我的脸之间，进行比较。

“好久没看推理小说了呢！以前曾经看过福尔摩斯，之后再也没接触了。”

我无话可接，保持沉默。虽然不是什么值得说“请您一定要读一读”的作品，但如果说“您还是不要看比较好”之类的也很奇怪。

房间的正中央有一套会客用沙发，在山森社长的邀请下，我和冬子并排坐下——是坐起来很舒服的皮沙发。

“那么，两位想知道什么？”

山森社长以稳重的表情和口吻询问我们。我说，因为我想把运动中心用在接下来的小说素材中，所以想知道它的营运方式和会员制等相关信息。这个回答和我之前跟冬子商量过的一样。如果唐突地问及川津雅之的事，只会让对方起疑心。

我针对运动中心的人员架构和经营方向提问题，基本上想到什么就问什么。对我的问题，山森社长一一详细回答，偶尔还会穿插一些玩笑话。其间，秘书小姐为我们端了咖啡进来，不过可能社长交代过她不要留在房间里，她马上又出去了。

为了制造机会，我喝了一口咖啡，然后尽可能不着痕迹地切入主题。

“对了，您最近好像跟川津雅之先生见过面吧？”

我个人觉得这个问题切入得很突兀，不过山森社长的表情完全没变。他的嘴角依旧挂着微笑，反问我：“川津雅之先生？”

“是的。”

我回答完，觉得他看我的眼神似乎有些异常。

“您和川津先生是朋友吗？”

他问我。

“嗯，算是吧。因为在他的行程表上写有和山森先生见面的事，所以……”

“原来如此。”

山森社长慢慢地点了点头。

“我和他见面了，上个礼拜。他也说要来采访。”

雅之果然来过这里。

“请问他来做什么样的采访？”

“有关运动产业的。”他说完，脸上浮起一个若有所思的笑容，“说穿了，就是来调查这种生意现在能赚多少钱。我的回答则是：没大家想象的那么多。”

山森似乎觉得很有趣地说完这句话，从桌上的烟盒中取出一支箭牌香烟放进口中，再拿起放在同一张桌上、有水晶装饰的打火机将香烟点燃。

“您和川津先生以前见过面吗？”

我问完，他歪了歪头，用夹着烟的右手的小指抠了抠眉毛上方。

“以前见过。我偶尔也会去健身房锻炼身体，所以常常碰到他。他是个很不错的男人。”

“那么在那次采访的时候，你们二人的交谈内容仅限于闲聊吗？”

“还真是只有闲聊。”

“请问，您还记得当时的谈话内容吗？”

“都是一些无聊的小事，我家里的事、他结婚的事，等等。他还是单身汉呢！您知道吗？”

“我知道。”

我回答道。

“是吗？我那个时候劝他，赶快找个好女人定下来比较好。”

他说完，深深地抽了口烟，然后一边吐出乳白色的烟雾，一边笑着。不过当那个笑容消失之后，他反过来问我：

“对了，那个人怎么了？我觉得小说的取材应该不至于需要问到这些事情吧！”

他脸上沉稳的表情虽然没变，但双眼射出的目光让人感觉到了某种强烈的压迫感。我为了回避他的视线，一瞬间垂下了眼，整理完思绪，才重新抬起头来。

“其实他……死了。”

山森社长的嘴巴停留在好像说着“啊”的形状。

“他还很年轻吧……是生病的关系吗？”然后，他这么问道。

“不是，他是被杀害的。”

“怎么会……”他皱起了眉头，“是什么时候的事？”

“最近。”

“为什么会……”

“我不知道。”我说，“有一天，刑警来我家告诉了我。被灌了毒药之后，头被打破，然后像垃圾一样被丢在港口。”

看来他没有办法在第一时间做出回答。过了一会儿，他才开口说道：

“是吗？真是可怜啊！最近这几天的事吗……我完全不知情。”

“正确的说法是，他在和山森社长见面的两天后被杀害了。”

“啊……”

“和他见面的时候，他有没有说什么呢？”

“说什么？你是指……”

“比方说，暗示他自己会被杀害。”

“没那回事！”他的声调突然提高，“要是真的听到他说那种话，我是不会什么都不问就让他走的。难道他曾经在别的地方说过类似的话？”

“不，我不是因为这样才问。”

山森社长的眼神射出怀疑的光芒。

“只是有点在意……”

我说完，嘴边浮起笑容。如果在这个话题上绕太久，会让对方觉得更可疑吧！

之后，我问社长可不可以让我们再次参观运动中心。于是山森社长拨了内线电话，把我们的要求告诉外头的秘书。不一会儿，那位美女秘书带着一名女性走进房间，是刚才我们麻烦她多次的那个女事务员，她好像专门负责导览。

当我们跟着女事务员走出房间时，山森社长在我们后面说：“请慢慢参观。”

负责导览的女事务员给了我们名片，上面印着“春村志津子”。我和冬子跟在她后面参观运动中心。

春村带我们走到健身房的时候，介绍了那里的教练主任石仓。石仓是年纪约莫三十岁的男人，像健美选手——事实上说不定真的是，全身肌肉发达，穿着一件像是在炫耀这身肌肉的薄T恤，脸孔是中年妇女喜欢的类型，剃得极短的头发给人感觉很干净。他的各方面给人的感觉都像是一名成功人士。

“推理小说的题材？哦——”石仓非常明显地流露出像是在估价的眼神，“那一定要让在下拜读哦！不过我想，诸如健身教练被杀之类的故事，如果可以，最好还是不要有。”

这些话在我听来尴尬万分，然而石仓本人却像是说了个无关紧要的笑话，没心没肺地笑起来。

“石仓先生是社长的弟弟。”离开健身房所在的楼层，志津子小姐告诉我们，“听说好像也是从体育大学毕业的。”

也就是说，山森卓也的旧姓是石仓，石仓家的兄弟二人都顺顺利利地躲在山森家族的羽翼下。

前往室内网球场的路上，两名女性朝着我们走过来，志津子小姐对她们低头行礼。其中一位是中年妇人，另外一位是娇小的女孩，看起来像是初中生。这二人可能是母女。中年妇人穿一件暗色调洋装，是非常气派的女性，戴着一副比脸还大的太阳眼镜，镜片是淡紫色的。女孩的皮肤很白，清澈的大眼睛看着中年妇人的后背。

妇人推了推太阳眼镜，向志津子问道："山森在办公室吗？"

"在。"志津子回答。

"嗯。"妇人微微点了点头，然后把目光转向我们。

冬子和我也稍微低下头，不过那个妇人什么也没说，又把目光移回志津子小姐身上。

"那个，这两位是……"

志津子小姐慌慌忙忙地把我们介绍给中年妇人。但是她并没有特别对我们示好，只用不带感情的声音说了一句"辛苦了"。

"这位是社长夫人。"

志津子小姐向我们介绍眼前这位中年妇人。不知道为什么，我早就猜到如此，所以并不觉得惊讶。

"承蒙山森社长亲切照顾。"

由我做代表，礼貌地寒暄。

社长夫人对于我的致谢没有任何回答，只对志津子小姐再次确认道："在里面吗？"

然后她抓起那个女孩的右手，摆在自己左手肘附近，轻声对女孩说："我们走吧！"女孩听了，点点头。

社长夫人缓慢地踏出脚步，女孩跟在后面。二人开始往前走。

我们目送她们的背影离去，然后继续向前走。

"那女孩叫由美。"

志津子小姐用似乎刻意压低的声音说。

"是山森社长的女儿吗？"

我问完，她点点头。

"生下来视力就很差……虽然不是全盲，但好像不管怎么矫正，视力都没有变好。"

我不知道该怎么回答，所以什么也没说。冬子也紧闭嘴巴。

"不过因为社长认为她不能老是关在家里，所以每个月都会让她来这个中心运动好几次。"

“因为先天缺陷，山森社长反而更怜爱她吧？”冬子说。

“那是当然。”

志津子小姐回答的声音充满力量。

没过多久，我们抵达了网球场。网球场有两座，穿着短款裤裙的老太太正在练习回击教练的发球。教练不光发球，还会喊“好球”或“膝盖多用一点力”，看上去十分忙碌。

“啊……请稍等一下。”

志津子小姐对我们说完，朝着走廊方向走过去。我转头一看，发现一个身穿作业服的男人靠在台车上等她。男人身材高大，黝黑的脸上戴着一副金边眼镜，鼻子下方蓄着胡子，让人不得不注意。她走过去之后，男人的脸依然朝向我们。他对她说了几句话，她一边回答，一边向我们这边投来闪烁的目光。

过了一会儿，她回来了。

“真是不好意思。”

“如果您有工作，那么我们就在这里……”

冬子说完，挥了挥手。

“没什么。”

我看着那个穿作业服的男人，他推着台车继续在走廊上前进。然后当他回头望向这里的时候，正好和我四目相交。于是他慌慌张张地移开目光，推着台车的速度好像加快了些。

之后，志津子小姐带我们参观了高尔夫练习场。直到手上的宣传单多得快拿不住，我们才走出运动中心。志津子小姐送我们到门口。

对运动中心的采访就此结束。

2

在回程的电车上，我们交换彼此的感想。

“那个山森社长虽然什么都没说，可是我觉得他有点怪。”这是我的意见，“总觉得他好像知道什么，却刻意隐瞒。”

“看他说话的样子，好像不知道川津雅之已经死了。”

“这一点我也觉得很奇怪。自家的会员被杀死，再怎么不熟，也不可能完全没听说吧？”

冬子用一声叹息代替了回答，轻轻地摇了两三次头，脸上的表情像在说：目前无法表达任何意见。

我也一样。

和冬子分手后，我回到家，工作间的电话响了起来。我慌忙拿起话筒，从电话那头传来一个似曾相识的声音。

“我是新里。”对方说。

“嗯。”我回答后看看时钟，还没到我们约定的时间。

“其实，我是想跟你说，不需要借川津先生的文件了。”

她的口气好像在对某件事情或某个人生气，有一点尖锐。

“什么意思？”

“今天我在调查别的东西的时候，偶然找到了需要的资料。之前给你带去困扰，真是不好意思。”

“放在我这边的东西，你不看了？”

“是的。”

“我拆封也没关系？”

“嗯，没关系。真是抱歉。”

“我知道了。”我说完这句话挂上电话，看着放在屋子角落里的那两只纸箱。纸箱像一对感情好的双胞胎，整齐地排在一起。

我脱下外出服，换上汗衫，再从冰箱里拿出罐装啤酒来喝，然后坐在沙发上，望着那两只纸箱。箱子看起来好像是从搬家公司直接买来的，上面用字迹醒目的颜料印着“搬家请找 × ×”。

啤酒喝了一半，我突然注意到一件很奇妙的事：这两只像是双胞胎的纸箱有了些微不同。

那就是封装的方式。

和另外一只箱子比起来，其中一只箱子给人杂乱感，封箱胶带也贴得皱皱的，而且东贴一块，西贴一块，弄得乱七八糟，一点都不谨慎。

好奇怪——我这么想。

今天早上快递送来的时候，我记得自己还在心里暗叹，这种严谨的封装方式显示出川津幸代一丝不苟的个性。胶带也像是用尺量过一般，贴得漂漂亮亮。两只箱子都是——没错，两只箱子都一样。绝对没错。

我喝光了啤酒，走到两只箱子旁边，仔细检查那只封装杂乱的纸箱。说是检查，其实只是紧紧盯着纸箱的外观。

光是看着纸箱，什么都无从知晓。于是我撕开胶带，打开纸箱。纸箱里面的书、笔记本和剪报本等放置得非常凌乱。

我先把这只箱子摆在一旁，然后打开另一只箱子。不出我所料，纸箱里的东西摆放得很整齐，如同胶带的封装方式，反映出幸代的个性。

我离开那两只纸箱，从酒架上拿出波本酒和玻璃杯，像是把身体抛出去一般，再次跌坐在沙发上。我往玻璃杯中注满了波本酒，举杯一饮而尽，心跳这才稍微缓和下来。

平静下来之后，我伸手拿起话筒，按下拨号键。电话铃响了三声，对方接起了电话。

“这里是萩尾家。你好。”是冬子的声音。

“是我。”

我说。

“哦……怎么了？”

“我们被设计了。”

“被设计了？”

“好像有人潜入了我家。”

她好像倒抽一口气。过没多久，她又说道：“有什么东西被偷了吗？”

“没错。”

“是什么？”

“我不清楚。”话筒依然靠在耳畔，我摇了摇头，“不过应该是非常重要的东西。”

3

隔天，我亲自前往冬子任职的出版社，去见在葬礼上曾有一面之缘的编辑田村。当然，安排我们见面的是冬子。

在出版社的大厅会合后，我们三个人走进了附近的咖啡店。

“关于新里小姐的事？”

田村拿到嘴边的咖啡停了下来，仍带着笑意的眼睛睁得圆圆的。

“是的，麻烦告诉我关于新里小姐的事。”

“其实我也没那么清楚。我是川津的责任编辑不错，不过并不是新里小姐的责任编辑。”

“说你知道的就可以了。”

冬子从旁补上一句。最先提议要找田村的人就是她。

昨天和冬子通完电话，我检查了房间，发现自己的东西都在，存折和少量现金都原封不动地摆着，唯一留下入侵者踪迹的，就是那只纸箱的封装方式。

“对方应该没想到我会记得箱子的封装方式吧！别以貌取人，其实我的观察力是很强的。”

关于发现纸箱包装变化这件事情，我这么对冬子说道。

“真厉害啊！”她听了，佩服地说，“结果犯人的目标果然是箱子里的东西。你对于这件事，心里有数吗？”

“我只知道一件事。”

发现川津雅之的资料被拆封、被偷走之后，我的脑海里浮现的第一个人就是几分钟前打电话给我的新里美由纪。昨天还那么心急地想看资料的她竟然突然打电话来说没有必要了。我会觉得奇怪也是当然。

“这么说来，是她偷走的？”

冬子的脸上写满了意外。

“还不能确定。不过，她的行为从一开始就很诡异。为了拿到那份资料，还特地跑去帮忙搬家……”

“但她不是已经跟你约好要直接去你家拿资料了吗？既然这样，应该没有偷窃的必要吧？”

“仔细想想，的确如此。”

我稍微沉淀一下思绪，然后果断地说：“如果说那份资料对她来说是绝对不能被别人看到的东西呢？难道她不会想要瞒过别人耳目地把它偷走吗？”

“绝对不能被别人看到……吗？”冬子重复了一遍我说的话，沉思了一会儿，马上睁大了那双细长的眼睛。

“你该不会怀疑是她杀了川津……”

“的确怀疑。”我挑明了，“如果这个假设成立，那么她杀了知晓她秘密的川津就是可以合理想象的了。”

“你是这么推理的吗？”冬子双手交叉抱在胸前，重新看了看纸箱里的资料，“不过，在‘她潜入你家’这个推理中有两个很大的疑点：一是她怎么知道你今天白天不在家？另一个是她怎么进入你家？你家的门窗不是都上锁了吗？”

“那就是密室了！”我说，“那就非得把这两个疑点解决不可。不过关于这位新里小姐，我想可能还需要再多调查一下。”

“你有方向了？”

“有。”

田村的名字，就是在这个时候被提出来的。

和田村的交谈，并没有什么引起我兴趣的。

新里美由纪是一位女摄影师，在各个领域都非常活跃。关于这方面，我已经知道得够多了。我想问的不是这些。

“我想问的是她和川津先生一起合作的工作。”我直截了当地说，“他们不是曾经共同负责在某杂志连载的纪行文章吗？”

“嗯，是的。不过就像我之前说的，好像很快拆伙了。”

“我记得上次在葬礼上和她见面的时候，她好像说过自己和川津先生不太合拍？”

不知道为什么，这句话让我很在意，所以记在脑子里了。

“她的确说过。”

看来田村也记得。

“那是指纪行文章中断连载吗？”

“哦，不是那件事。”田村调整姿势，再次在椅子上坐好，然后上半身微微前倾，“纪行文章本身做得还不错，评价也都过得去。但是不知道是在第几次外出取材时，他们去了Y岛，在那里遭遇了意外。川津跟新里都遇到了意外。不合拍的说法，我想就是从那时开始传出来的。”

“意外？”

这我倒是第一次听说。

“游艇翻覆的意外呀！”田村说，“川津先生的熟人里，好像有人策划了一趟旅行，行程是搭游艇到Y岛去。川津先生他们都参加了，结果中途天气恶化，游艇翻覆了。”

我完全想象不出那是怎样的状况。

“大概造成了何种程度的伤害？”

“搭乘游艇的大概有十个人，好像有一个人死了，其他人漂流到附近的无人岛而得救。那个时候，川津先生的脚受了伤，之后就推掉了写纪行文章的工作。”

这件事，我从没听说过。

“游艇旅行这件事，川津先生写下来了吗？不是纪行文章，而是类似事故记录的东西？”冬子问。

“好像没有。”田村压低声音回答道，“听说出版社这边曾拜托他写，不过被拒绝了，理由是当时的身心状况都很差，所以能清楚记得的事情很少。哎呀，不过站在他的立场，谁也不会想把自己遇到灾难的事情写成文章刊登出来给人家看呀。”

不可能。

我听完，如此寻思。如果是以写文章为生的人，即使受害者是自己，也绝不可能放过这个大好机会，最起码不用特地跑去找素材，就可以把第一手的声音——自己的声音——化为文字。

“总之，好像因为这件事，那家出版社颜面尽失，所以纪行系列也跟着中断了。”

由于是别家出版社的事，所以田村的语气显得非常轻松。

“对了，那个游艇旅行的项目是由哪家旅行社承办的？”

对我的问题，田村干脆地回答道：“没有，那不是旅行社的项目。我记得……好像是市内某个运动中心的项目。不过那个中心叫什么名字，我就忘了。”

“该不会是……”我舔了一下嘴唇，“……山森运动广场吧？”

我说完，田村的表情立刻豁然。

他点头轻呼：“没错，没错，就是这个名字！”

“原来如此。”

我和冬子交换了一下眼神。

田村一个人回公司，我和冬子则继续留在咖啡店，再点了一杯咖啡。

“真可疑，”我将手肘靠在桌上，手掌托着脸颊说，“川津被害前曾经和山森社长见面。川津也曾经因为乘坐山森社长那边提供的游艇而发生意外，而且意外中，新里美由纪也在场……”

“你是觉得意外之中藏有秘密吗？”

“还不知道。”我摇摇头，“不过如果真的是那样，我就会觉得，那份从我家被偷走的资料上会不会留有关于游艇意外的记录？新里美由纪想要的就是那份资料。”

“而川津就是因为那份资料而被杀害？”

“这只是推理，我的推理都是跳跃式的。这一点，冬子应该最清楚吧？”

对于我的玩笑话，冬子露齿一笑，接着马上恢复严肃的表情。

“也就是说，新里美由纪和游艇事故的秘密有关？”

“不只是她，”我交换跷起的双脚，双手环抱，“川津去见了山森社长，也就是说，山森社长一定也以某种方式和这件事情有关。”

“山森社长跟我们说，那时候只是单纯的取材呀！”

“刻意隐瞒。”

我稍微停顿了一下，继续说道："对他们来说，有非隐瞒不可的理由。"

"他们是指？"

"我不清楚。"

我断然否认。

这天回到公寓后，我立刻把那只纸箱里的东西倒出来，想确认自己的推理没错。去年由川津雅之负责的纪行文章的相关资料几乎全都收在这里，唯独和游艇旅行相关的，怎么找也找不到。

那趟旅行究竟藏有什么秘密？当然，我是指船难事故以外的某件事。而且有些人不想被别人知道这件事，新里美由纪是其中之一。

问题在于如何找出这个秘密。对于这一点，我和冬子拟定了大概的作战方案。

这天晚餐前，冬子打电话给我。听得出来，她有些兴奋。

"总算把新里美由纪约出来见面了。"

"辛苦你了。"我慰劳她道，"你是用什么理由把她约出来的？"

"实话实说呀。我说，关于川津的事情，想请教她。"

"她没露出警戒的样子？"

"不知道，因为是在电话里说的，所以无从得知。"

"这样啊……"

接下来就看要用什么手段让她将实情和盘托出了。新里美由纪那盛气凌人的眼神在我的脑海中浮现，令我有点忧心。

"两个人联手，多少会有成效吧？"我说。

冬子用略带阴沉的语气接话："那可能有点困难哦。"

"困难是指？"

"她提了一个条件，说要和你单独见面。"

"跟我？"

"没错。这就是她的条件。"

"她想干什么？"

"这就不清楚了。可能她觉得如果只有你一个人，会比较安心。"

“不会吧？”

“总之，她的要求就是这样。”

“嗯……”

到底是怎么一回事？我手执话筒思考着。美由纪难道觉得，要是只面对我一个人，就愿意说出那个秘密？

“我知道了。”我对冬子说，“我一个人去！告诉我时间和地点。”

4

隔天，我差不多是准时出门的。冬子和新里美由纪约好两点整，地点在吉祥寺的咖啡厅。冬子说，新里美由纪的公寓好像就在那附近。

约定的咖啡厅里安稳地摆着像是手工制作的桌子，是一间能让人静下心来的店。店内正中央没头没脑地摆了一截橡木。灯光昏黄，很适合坐在这里静静地聊些事情。

一个穿着黑色紧身裙的短发女孩朝我这边走来，我向她点了一杯肉桂茶。

由于不习惯戴表，我平常都把手表放在包里，所以为了知道当下的时刻，我环顾店内寻找时钟，最后发现了挂在墙上的古董钟。上面的指针告诉我，还有几分钟到两点。

女孩把肉桂茶端过来，我啜饮了两三口。此时刚好两点整。

我观看着店里的摆设，又过去了五分钟，然而新里美由纪仍没现身。无可奈何的我只好一口又一口地喝着肉桂茶，同时盯着门口看。没过多久，我杯中的茶见底了，时钟上的指针显示又过去了十分钟，新里美由纪的身影依旧没有出现。

我有一种不祥的预感。

我离开座位，走到前台旁边的电话旁，拨通冬子给我的美由纪家的电话号码。电话铃响了两三声，我估摸着不会有人来接了，正打算放下话筒，电话接通了。

“喂？”是个男人的声音。

“请问是新里小姐家吗？”我胆怯地问道。

“是的，”那个男人说，“请问您是？”

我报上名字，询问她是否在家。电话那头的男人沉默了一会儿，接着用毫无感情的声音说：“很遗憾，新里小姐已经死了。”

轮到我沉默。

“请问您还在听吗？”

“嗯……请问，死了……究竟是怎么一回事？”

“被杀死了，”男人接着说，“她的尸体刚刚被发现。”

独白 2

我的真实身分被揭晓时，那个女人说："对不起。但我真的无可奈何，是真的！"

我依旧沉默地看着她。她失去了冷静，不一会儿站了起来。"我去倒杯茶。"她说，试图逃离我的视线。

我抓了个空当，从背后袭击她。

她并没做太多的抵抗，这让我有些意外。

简直就像——没错，就像被压扁的火柴盒。

静静地倒下，然后变成一团难看的肉块。我觉得时间似乎中断了一瞬间，接着，宁静便包围住我。

我站在原地。几秒钟后，敏捷地善后，大脑近乎恐怖地冷静。

收拾完毕，我俯视着她。

这个女人果然也知道真正的答案，只是用软弱的理由狡猾地将之隐藏起来罢了。

我的憎恨之火无法熄灭。

第三章　消失的女人与死去的男人

1

新里美由纪的公寓距离车站很近，建筑物很新。她家位于这栋新公寓的五楼。

出了电梯，有几扇面朝走廊的门。我很快找到她家的门是哪一扇，一看就知是警方人士的男人们煞有介事地从那儿进进出出。

当我走近她家时，一名看起来年纪比我小、穿制服的警官马上靠近，以严厉的口吻问我有何贵干。

我以不输给他的气势口齿伶俐地说："我刚才打电话过来。你们这里的人说，如果方便，请我过来一趟，所以我来了。"对方听完，露出一脸疑惑的表情，然后进入屋子。

代替那名穿制服的神气警官出来的是一个轮廓很深的英俊中年人，自称搜查一科的田宫。从声音来判断，他应该就是方才接电话的那个人。田宫刑警把我带到楼梯前面的空旷处。

"哦，写推理小说？"刑警好像很意外似的看着我的脸，目光中掺杂着些许好奇，"那么待会儿要进行的搜查可不能让您看笑话。"

由于我的脸色惨白，又没接话，于是他恢复认真的表情，向我提问。

"您和死者约好在今天下午两点见面？"

"是的。"

"不好意思，请问您和死者的关系？"

"因我男朋友而认识的朋友。"

这不是谎话。

"原来如此。"刑警说完，若有所思地看着我，"如果可以，我想问一下你男朋友的名字。”

“他叫川津雅之，”我回答道，“自由作家。不过最近死了，也是被杀死的。”

田宫刑警手上写得飞快的笔忽地停了下来，然后好像打哈欠般张大了嘴巴。

“那个事件？”

“嗯。”我点头。

“这样啊……”田宫刑警脸上的表情变得很严肃，紧紧咬住下唇，深深地点了两三下头，“那么今天你们二人的会面也和那个事件有关？”

“不，不是。因为川津的工作资料全都转到我这里来了，我约她出来是想告诉她，如果有什么想要的东西，可以告诉我。”

我把来这里前准备好的理由说了出来。

“原来如此，资料啊……”

刑警皱着眉头，在记事本上写下一些东西。

“除此之外，您和新里美由纪小姐有私人交情吗？”

“没有，只是在川津的葬礼上碰过面。”

“今天的约会由谁提出邀约？”

“是我约她。”

“什么时候约的？”

“昨天。我通过认识的编辑约了她。”

我把冬子的名字和电话号码告诉刑警。

“我知道了。那么我接下来会询问下这位叫萩尾冬子的小姐。”

“那个……请问一下，新里小姐是什么时候被杀害的？”

我看着田宫刑警五官立体的侧脸问道。他稍微歪歪头，然后回答我：“据鉴证人员的说法，好像是没多久之前，大约只过了两三个小时。”

“是怎么被杀害的？”

“头部。”

“头部？”

“后脑勺被青铜制的装饰品重击。您要看现场吗？”

“可以吗？”

“这是特别待遇哦。”

鉴证人员和刑警忙碌地在屋内走动着，像是要填补被空出来的空间。我跟在田宫刑警后面走了进去。

走进玄关，是一间大约十二个榻榻米的客厅，客厅对面摆着一张床。客厅里有一张玻璃茶几，茶几上方摆着一只茶杯。厨房位于屋子的角落处，几只还没清洗的碗盘堆积在水槽里。

眼前的光景，就像时间在日常生活中骤然停滞。

“发现尸体的是新里小姐的女性友人，好像时常过来玩。今天因为看见玄关的大门没关，就进来了，结果发现了倒卧在床上的新里小姐。那位女性友人因为惊吓过度，直到现在还躺在床上。”

真可怜，我喃喃自语道。

等我被刑警问完话，走出公寓，外头已是日落时分。街上，等距间隔的路灯正照耀着通往车站的道路。我走在这条路上，发现了路边的电话亭，转身走了进去。这个时候，冬子应该会待在家里。

“问出什么了？”

听到我的声音，她劈头丢过来这么一句话。她大概以为我和新里美由纪聊到现在吧！

“她被杀死了。”

我说。我找不到能婉转说明情况的词汇。

电话另一头的她什么也没说，我便继续说下去：“她被杀死了，头被打破……因为过了约好的时间她还没现身，我就打电话去她家，结果刑警替她接了电话。”

“……”

“你在听吗？”

过了几秒钟，冬子小声地说：“嗯。”然后恢复沉默。我的脑海中浮现出她的脸。

终于，她的声音传了过来。

“该怎么说……真的想不出来这个时候该说的话啊！”

我想也是。

“你要来我家吗？”我提议，“我想我们有很多事需要讨论一下。”

“看来是这样，没错。”

她用阴沉的声音嗫嚅道。

过了一个小时，我俩面对面喝着冰波本酒。

“目前唯一知道的是，”我先起了头，“我们始终没能抢在凶手前面，敌人总是比我们快一步。”

“敌人究竟是谁？”

“不知道。”

“那你告诉警方这件事可能跟船难事件有关了吗？”

“我没说。反正也没有确实的证据足以证明这两件事有关系，而且我想尽量凭靠自己的力量解决问题。其实，跟新里小姐约会的原因，我都随便撒了个谎蒙骗过去了。”

“是哦。”

冬子好像在思考某件事情，眼睛看向远处。

“总之，我觉得有必要调查一下去年的船难事故。”

我说完，她放下玻璃杯说：“那件事，我来这里之前稍微查过。”

然后，她从公文包里拿出了一张纸。我看了一下，发现那是报纸的复印件，内容大概是：八月一日晚上八点左右，隶属山森运动广场名下的游艇在开往 Y 岛的途中，船身进水。十一名乘客中，有十名乘客搭乘橡皮艇，漂流到附近的无人岛，隔天，被经过的渔船救出。另外一名乘客则因撞击到附近的岩石而罹难。死者是住在东京市丰岛区的自由业者竹本幸裕（32 岁）。

“需要好好查查那个时候的事。就像我之前说的，川津被偷走的资料中，我想应该有关于那时候的某些秘密。”

我一边将空调的温度调高，一边说道。就在我们讨论得火热的时候，房间里的气温已经低得如置身冷库了。

“会不会是想要守住那个秘密的人把他们一个个杀掉了？”

“我不知道，或许真像你说的那样！但新里美由纪是想要守住秘密的人，如果山森社长跟这件事有关，他也是想要守住秘密的人。”

“确实是这样。”冬子耸耸肩，说道，“那你想采取什么样的具体行动？如果想询问海上保安部的人，我可以帮忙。”

“嗯……”我陷入沉思。若在那次的事件中真的发生了什么，当事人都视为秘密，我想行政机关那里不可能留下记录。

“还是只能先直接找当事人！”

“意思是，你还要去见山森社长？”

冬子不太情愿地说。

“如果手上什么资料都没有，直接跑去找他，一定又会被他随便搪塞几句，敷衍了事。先去找找参加那次游艇旅行的其他人！”

“那就得先调查对方的姓名和住址。”

“没问题，我有方向了。”

说完，我抽出了事先放在身边的名片。

那是前两天去山森运动中心时，春村志津子小姐给我的。

2

翌日，中午过后，我再度造访山森运动广场。进入一楼大厅后，我点了一杯柠檬苏打水，接着拨电话给志津子小姐。她在电话里说马上就到，实际上也的确是在五分钟之内出现了。

“拜托你如此麻烦的事，真不好意思。”

她坐下的同时，我轻轻地低下头。来这里之前，我麻烦她帮我整理好当时参加游艇旅行的人员名单。去年的这个时候，她还没来这儿工作，所以我判断她应该可以信任。

“哪里，说不上是什么麻烦事，只要将计算机里的资料打印出来就好了。不过，您为什么需要这些资料呢？”

志津子的小姐脸上浮现出和上次见面时同样的微笑，把看起来像是刚打印好的名单摆在桌上。

“我想以此作为下一本小说的素材。所以，如果可以，我希望能跟当事人当面聊。”

“原来如此。果然作家要不停地构思接下来的作品，真辛苦。”

“是呀，就是这样。”

我一边苦笑，一边伸手去拿放在桌上的名单。

名单上面列着十一个人的姓名和住址。最上面是山森卓也社长，排在他后面的是正枝夫人，后面是由美小姐。

“由美小姐不是眼睛不太方便吗？”

我刚说完，志津子小姐像早就料到我会问这个问题，深深地点了点头。

“社长的教育方针是——无论什么时候，都不给予特别待遇。他说，就算看不见，能够接触大海这件事本身也极具价值。”

“原来是这样。”

我快速浏览那份名单，上面有川津雅之和新里美由纪的名字，在报纸上看到过的那名男性罹难者竹本幸裕的名字也出现在名单上。此外还有山森社长的秘书村山则子和健身教练主任石仓的名字。

“秘书也参加了？”

“是的。村山小姐的母亲是社长夫人的姐姐，他们是亲戚。”

也就是说，她应该是山森社长的外甥女。

“这个叫金井三郎的人，他也在这里工作？”

金井三郎的名字旁边有一个括号，括号内印着“工作人员”。

“啊，那个人是做器材维护的内部人员……”

志津子小姐说到最后，含糊其词。我想那大概是因为我的行为有点不可理解吧。

“他也是山森社长的亲戚？”

“不，不是，他纯属工作人员。”

“这样啊……”

我点头。如果不是亲戚，那么问一些比较深入的问题，说不定会比想象中轻松。

“我想跟这个人聊聊，有没有可能马上跟他见面？”

我问。

“咦？马上？”

“嗯，我有一件非问他不可的事。”

志津子小姐看起来好像有点困惑，但还是说了声：“我知道了，请您稍等一下。”然后起身走到收银台旁边的电话旁拨了电话。

几分钟后，她面带微笑地走回来。

“他马上到。”

“谢谢您。”

我点头道谢。

过了几分钟，一个穿着短袖工作服、蓄胡子的男人出现了。我记得他的脸，就是上次我们参观运动中心时，在半途叫走志津子小姐、后来还偷偷观察了我们一阵子的男人。

我有一丝不太好的预感，但我不能退缩。

金井犹豫地在志津子小姐身边坐下，盯着我递出的名片。我看着他的眼睛，意外地发现这个男人很年轻。

“那我就开门见山了。金井先生去年参加了游艇旅行？”

“对。”他回答，声音比想象中低沉，“有什么问题吗？”

“是不是遭遇了意外事故？”

“……嗯。”

金井三郎脸上的神情明显地写着疑惑。

“好像是因为天气恶化而导致船身进水？”

“没错。”

“事前没料到天气会变恶劣吗？”

“虽然知道会变差，但社长还是叫大家出发。”

听他说话的语气，好像每个参加的成员都知道这件事。

“预定行程是怎样的？”

我问。

“两天一夜。计划从横滨到Y岛，隔天回来。”

“去程中遇到意外？”

“嗯……”

“报纸上说，乘客因漂流到附近的无人岛而获救？”

“那时候，”金井三郎抓了抓蓄胡子的脸，“真是捡回一条命。”

“但还是有人罹难了？一个叫竹本幸裕的人。”

他听完，闭上眼睛，慢慢地点点头。

“因为浪很高，视野受限啊！”

“竹本先生是金井先生的朋友吗？”

“不，不是！”

金井三郎慌忙摇头。这个反应让我有一点在意。

“那么他为什么参加这个旅行？根据这份名单，他好像不是运动中心的会员。”

“不太清楚……我想应该是别人介绍的。”

金井掏出香烟，急急慌慌地抽了起来。

我向一直在旁边听我们说话的志津子小姐问道：“春村小姐认识这个叫做竹本的人吗？”

跟我预料的一样，她摇摇头说不认识。这是当然的，一年前，她还没到这里来工作呢！

我又将目光移回金井三郎的脸上。

“我想了解一下你们登上无人岛之后的详细情形。”

“登上无人岛之后的情形……根本没发生什么。我们只是在岩石下躲避风雨，等着救难人员。”

“那么，当时你们都聊了些什么？我想大家应该满脑子不安吧？”

“没错……大家都昏昏沉沉的，说了什么，我早忘光了。”

他一边吐出白色烟雾，一边急急忙忙地用手挠抓胡子。在无法静下心来的时候挠抓胡子，可能是这个男人的习惯。

我换了个话题。

“有没有一个叫川津雅之的男人跟你们在一起？他是自由作家，因为杂志取材的关系，也参加了这次旅行。他是这里的会员。”

“啊……”金井的眼睛望向远方，“那个时候脚受伤的人……”

这么说来，我之前也听过他受伤的事。

“你还记得在无人岛的时候，他的状况如何？或者记得他当时说了什么？”

“不知道。”满脸胡子的男人摇头，“再怎么说，也是一年前的事了……而且当时大家的精神状态都不稳定。”

“你和川津先生后来聊过那个意外吗？”

“没有。”男人说，“不只是关于意外，我们自那次旅行之后，再没有交谈过，只是偶尔见到他而已。”

我回想起志津子小姐说金井三郎是从事内部工作的人员。

“最近有没有发生与这个意外事故有关、比较奇怪的事情？”

“奇怪的事情是指什么？”

“什么都可以，比如跟谁聊到，被谁问过，等等……”

“没有。”金井三郎回答得非常果断，“就算有，我也忘了。话说回来，那个意外有什么问题吗？我看您好像很感兴趣。”

他像在偷偷观察我的表情，眼珠往上，朝我看过来。

“为了撰写下一本小说，我正在仔细调查最近发生的海难。”

“……”

我说了事前准备好的谎话，不过他眼神中的疑虑并没有打消。

我把目光移回参加者名单。

“除了罹难的竹本先生，还有一个不是会员的人？名叫古泽靖子。这个人又是通过什么关系参加的？”

名单上写着“24岁，白领”，住址是练马区。

“嗯，我不清楚。不管怎么说，我是在出发的前一天才被社长邀请的。”

最后一个参加者是坂上丰，这个男人好像是运动中心的会员，职业栏写着“演员”。

“有时候会看到，”当我提到坂上丰的时候，金井三郎有点不耐烦地回答，“不过我最近没跟他说过话，他可能已经忘记我是谁了。”

“这样啊……”我说完，稍微思考了一下。跟我预想的一样，没得到什么有用的答案。目前能想到的只有两种可能：一是在那场船难意外中，其实并不藏有任何秘密；二是这个金井三郎在对我说谎。但无论真正的答案是什么，我目前都无法确认。

无计可施的我向金井三郎和志津子小姐道谢，结束访谈。他俩并肩走出店门。

我喝了一杯水，重整心情后站了起来。当我走到柜台结账的时候，负责收银的女孩问我：“小姐，请问您是春村小姐的朋友吗？”

“倒说不上是朋友……请问为什么这么问？”

女孩发出可爱的笑声。

“您不是在对金井先生说教吗？叫他快点跟春村小姐结婚。”

“结婚？”我问完，才恍然大悟，“他们两个是一对？”

“您不知道？”女孩露出惊讶的表情，“大家都知道啊。”

“她没告诉我这件事。”

“这样啊……那我是不是不该说漏嘴呀……”

虽然嘴上这么说，女孩仍呵呵地笑着。

3

离开山森运动广场，我到冬子的公司找她。

“我有事情拜托你。”

我看着她的脸说。

“怎么这么突然啊？在运动中心毫无斩获？”

冬子苦笑道。我拿出刚才从志津子小姐那里得到的名单给她看。

“我想请你帮我调查一下在意外中罹难的竹本幸裕的资料。”

听到这句话的同时，她的表情马上变得很严肃。

“这个人的死跟整件事情有什么关系吗？”

“尚未可知，但总觉得有疑点。他既不是工作人员，也不是会员，却参加了这趟旅行；还有，船难发生的时候，其他人都获救了，只有他一个人罹难。这些都很奇怪。”

“是要我去这个人的住址打探到他老家的情报？”

“没错。”

“我知道了。”

冬子拿出记事本，抄下竹本幸裕的住址。不过就算找到这个地方，搞不好现在已是别人在住了吧？

“我看着办。没问题，我想应该不会太费工夫。”

“不好意思。”

我是真的觉得对冬子很不好意思。

“那你可以听听我的要求吗？当作交换条件。”

“要求？”

“是生意哦，”冬子的脸上露出一个意味深长的笑容，“等这件事情告一段落，我希望你能写一本跟这次事件有关的现实题材小说。”

我叹了口气。

“你应该知道我很不擅长这种类型吧？”

“我知道呀，但这是一个机会。”

“我考虑一下。”

“嗯，麻烦好好考虑。对了，你今天接下来要干什么？”

“我打算去找另外一个人。”

“另外一个人？”

“一个叫古泽靖子的。”我指着冬子拿在手上的名单，“这边这个人。这个人跟那个名叫竹本的一样，既不是工作人员，也不是会员，说起来是和山森集团无关的人。”

冬子像在反复思量我的想法，眼睛盯着名单点了两三下头。

“你什么时候回公寓？打电话给我。”

“拜托了！”

说完，我便和冬子道别了。

查看了地图，我得知西武线的中村桥是距离古泽靖子家最近的车站。我从那里叫了辆出租车，将名单上的住址告诉司机。

“那住址大概就在这附近。”车子开了大约十分钟，司机一边放缓车速一边告诉我。我看向窗外，发现出租车正行驶在两旁都是矮房子的住宅街道上。

“在这边停就可以了。”

我说完下了车，现在才是问题的真正所在。照理说，若名单上的住址正确，我以为国道旁边应该会有一栋公寓，然而完全没有看到类似的建筑物，取而代之的是一间装潢华丽的汽车汉堡店。

我抱着怀疑的情绪在汉堡店点了吉士汉堡和冰咖啡，顺便向店员打听：去年这个时候，这家汉堡店是否已经在此营业？女店员先是一脸茫然，然后露出笑容回答我。

“啊，我们是三个月前开业的。”

我把汉堡吞到肚子里，问了派出所的位置，离开了那家店。

派出所里有一个五分头、十分严肃的白发巡警。巡警记得，汉堡店的前身的确是一栋公寓。

“那栋公寓虽然已经很老旧，但还是有很多人住在里面。你去松元不动产那里打听一下，他们应该会知道。”

“松元不动产？”

“这条路直走，右手边。”

我道了谢，离开派出所。

在巡警所说的地方确实矗立着一栋三层楼的矮小建筑——松元不动产。一楼的正门旁密密麻麻地贴着租房广告。

“我们也不知道那栋公寓的旧房客都去哪里了。”

出来招呼我的年轻业务员一脸不耐烦地说道。

“联络方式什么的，都没有留下吗？”

“没有。”

他懒得找。

“请问，记得一位名叫古泽靖子的女性吗？”

“古泽靖子？”

年轻业务员重复了一遍这个名字，然后发出“啊”的一声，点了点头：“有。我只见过一两次而已，所以不太记得，但她好像长得很漂亮。”

“请问，你知道这个人搬去哪里了吗？”

“我刚才已经说不知道了。”

年轻业务员显得不太高兴，但他的眼珠子又转了一下。

“咦？等一下哦——”

“怎么了？”

“我记得她好像说过自己要出国。只不过不是她本人亲自跟我说的，是别的同事告诉我的。”

“出国……”如果真的是这样，古泽靖子这条线索好像还是放弃比较好。

“她好像经常出国。”年轻业务员接着说，“去年也是，从春天开始到夏天结束的这段时间好像都待在澳洲，那间公寓反而像是暂时的落脚点。”

从春天到夏天结束？

船难意外发生在八月一日，是盛夏时分。

“请问这是真的吗？”

“什么？”

“她从春天到夏天结束都待在澳洲这件事。”

“真的，她把这段时间的房租全都付清了。哎呀，不过我也没亲眼看到，所以搞不好虽然她说要去澳洲，其实只是跑去千叶游泳。”

年轻业务员脸上浮起一抹带有恶意的微笑。

当天晚上八点左右，冬子打来电话。于是，我在电话中向她报告说没找到古泽靖子的公寓，而且意外发生的时候她去了澳洲。

“问题是，这究竟是真的还是假的。”我说了一长串之后，冬子说，“说不定就像那家房屋中介公司的人说的，她说要去澳洲什么的，根本是撒谎。不过至于为什么她要这么做，我就不知道了。”

“如果她真的去了澳洲，”我说，“碰到船难意外的那个古泽靖子又是谁？”

“……”

看来电话另一头的人有点吃惊，我也跟着沉默。

“总之，”最后，冬子打破沉默，“目前她行踪不明就对了。”

“没错。对了，你那边呢？”

我问完，得到以下的回答：“总算找到了竹本幸裕的老家。我本来还很烦恼，若他家在东北的深山里，我该怎么办？不过没想到比想象中的近，在厚木[①]附近哦。我现在告诉你，你记一下。”

---

① 日本本州东南部城市，位于神奈川县。

我把她说的住址和电话号码抄了下来。

“好，谢谢。我待会儿去碰碰运气。”

“要是我也可以去就好了，不过最近有点忙。”

冬子很不好意思地说。

“我一个人没问题。”

“还有没有什么事情要事先准备？”

我想了一下，然后麻烦她帮我安排和那个名叫坂上丰的男人见面。坂上丰也是参加旅行的人之一，在名单上注明是“演员”。

“我知道了，真是轻松的任务。”

“不好意思。”

我向冬子道了谢，挂上电话，之后马上又拿起话筒。接着，我拨通刚从冬子那里得知的竹本幸裕老家的电话号码。

“这里是竹本家。您好。”

从话筒另一端传来的是一名年轻男子的低沉声音。我先报上自己的名字，然后告诉他，想请教一下关于幸裕先生的事。

“就是你吗？”男子的声音突然愤怒了，“最近老在我们家外面鬼鬼祟祟的人。”

“啊？”

“你在我们家附近晃过好几次了吧？偷偷摸摸的！”

“请问你在说什么？我今天才知道你家的住址和电话。”

男子吞了吞口水。

“是我搞错了吗？……那真是对不起。”

“最近你家附近发生过这种事吗？”

“不，这跟你没有关系，是我有点神经质了……请问你跟我哥哥是什么关系？”

看来他应该是幸裕先生的弟弟。

“我和幸裕先生没有任何关系。”

我说我只是推理小说家，因为想写一本关于船难事件的小说，正在到处取材访问。

“哇，写小说呀，真是厉害呢！”

我不太懂他觉得哪里很厉害。

“其实我是想请教去年那件意外。如果可以，希望能出来谈谈。”

“没问题，但我要上班，所以得等到七点以后才可以。”

“其他的家人也可以。”

“没有其他家人了，只有我一个。”

“嗯……”

“什么时候？”

“那个，如果可以，越早越好。”

“那就明天吧，明天晚上七点半，在本厚木车站①附近怎么样？”

“嗯，好的。”

我问了车站前的咖啡店的店名，放下话筒。这时，他刚才说过的话突然在我脑海中再次浮现。

老是在我们家外面鬼鬼祟祟的？

这是怎么一回事？我想。究竟是谁，又是为了什么目的而去调查竹本幸裕的老家呢？

4

隔天，我在事先约好的咖啡店见到了竹本幸裕的弟弟。他拿出的名片上面印着“××工业股份有限公司　竹本正彦”。

正彦本人比电话里的感觉更年轻，大概才二十五岁。高个子，身材不错，修得短短的头发有点微鬈，看起来清清爽爽。

“请问您想知道关于我哥哥的什么事？”

他换了比较礼貌的口吻问道。可能是因为之前他只听见我讲电话的声音，误以为我比较年轻。

“各种各样的事。”我说，“比如那起意外的经过……还有关于工作的事情，我也想了解一下。”

正彦点点头，把奶精倒入刚才点的红茶里。他的手指纤细，看起

---

① 小田急电铁和小田原电铁上的一个车站，位于厚木市泉町。

来好像很灵活。

“您说您是推理小说家？”

他喝了一口红茶后问我。

“嗯。”

我点点头。

“那您应该很熟悉其他作家吧？”

“不完全熟悉，少部分作家还算知道。”

“那么，请问您听过相马幸彦这个名字吗？他专门把国外发生的事件写成报道，然后卖给杂志社。”

“相马？”我只稍微想了一下就摇摇头回答，“很可惜，我的交际范围还没拓展到报道作家领域。”

“这样吗？”

他再次把手上的茶杯举到唇边。

“那个人怎么了？”我问道。

他的眼睛紧盯着杯子里面，然后回答：“他是我哥。”

“……”

“相马幸彦是哥哥的笔名。我在想，说不定您会知道，所以才问。果然，他的东西还是不太畅销啊！”

“你哥哥是自由作家？”

我惊讶地问道。按照报纸上刊登的，他应该是自由职业者。

“嗯。去年之前，他都待在美国。回到日本后，连老家都没回一趟就碰上了意外。我做梦都没想到他竟然会死在日本。”

“你们家只有两个人？”

“是的。意外发生的时候，家母还健在，不过到了冬天就因病去世了。家母好像是因为哥哥死去，身体才突然变虚弱的。去年的这个时候，她还很健康，哥哥的遗体也是她去领回来的。但是听说哥哥的死状很惨，所以我想，那个时候，妈妈可能受到很大的惊吓。”

“请问你哥哥是在什么样的情况下过世的？”

“详细的情形，我也不知道，”他说，“听说救难船停靠在无人岛的时候，他就已经卡在附近的岩石区断气了。好像是被海浪冲撞到岩石上。不过也有人说他是靠自己的力气游过去的。”

然后他咽了一下口水。我知道他的喉咙已经哑了。

“可是，有一些令人难以接受的疑点。”

他的语气变得比较不一样了。我在心里“咦”了一声。

“哥哥在学生时代就是运动好手，游泳技术可以说是入选学校代表队的程度。若要我相信只有哥哥被海浪卷走，实在办不到。”

“……”

“不，不，我当然知道这跟泳技的厉害程度没有关系，我说了多余的话……”他说完，拿起手边的水杯喝了一口。

“你刚才说，是等到意外发生之后才知道竹本先生已经回国？”

“嗯。”他点点头。

“你不知道他为什么会去参加那趟游艇旅行？”

“详细的情况，我的确不知道。但是听家母说，因为哥哥认识主办方运动中心的人，所以好像是透过这层关系参加的。”

“运动中心的人，是指里面的工作人员吗？”

照这种说法，他要成为会员不是不可能。

“我也不知道……到底是怎么回事呢？”正彦摇摇头，“家母只说了这些。”

“这么说来，那个人的名字，你也不知道？”

“很可惜，你说对了……而且到目前为止，我都没太放在心上。”

可能真的是这样，我想。自己的哥哥都已经过世了，这些琐琐碎碎也无关紧要了。

“和你哥哥比较亲近的大概都是什么样的人？”

我换了个问题。正彦的表情并没有太过惊讶。

“这几年，我们都过着各自的生活。所以他的事，我几乎完全不清楚。”

“这样啊……”

“不过，我知道他好像有个女朋友。”

“女朋友？”

“意外发生几天后，我去了哥哥住的公寓，想整理一下他的东西，没想到公寓里面打扫得非常干净。虽然妈妈好像在确认完遗体后去过那里一次，不过那个时候的公寓跟我后来看到的样子是不一样的。我正想着到底发生了什么事，发现桌子上有一张字条，一个跟幸裕很亲近的人在上面写着‘发生这样的事情，实在太令人伤心了。我来还钥匙，顺便把房间打扫了一下’之类的话。然后，事实上的确有一个女人到管理员那里还钥匙。听说是个相当漂亮的女人。”

“你留有那张字条吗？”

可惜他摇了摇头。

“我保留过一阵子，不过后来丢了。那女人后来没跟我们联络。”

“纸条上没有署名？”

“没有。”

“幸裕先生的房间除了被整理干净之外，还有什么不一样的？”

“不一样的地方……”正彦的脸上露出好像想起什么似的表情，“有一件哥哥的东西不见了。”

“什么东西？”

“保龄球柱。”①

“保龄球柱？”

“就是金属制的酒瓶，扁扁的。登山者会把威士忌之类的装在里头。”

“啊……”

我曾在户外用品专卖店看到过。

“那是除了衣服之外，哥哥身上唯一的遗物。听说是因为哥哥把它绑在皮带上，才没被海浪冲走。家母原本打算过两天再去把那只酒瓶带回家，所以暂时放在哥哥的房间里，结果居然不见了。”

“咦？”

我不知道偷走酒瓶的人是谁，但是究竟为什么要偷走这种东西？

“然后我跟家母讨论说，会不会是那个女人想把酒瓶当作男友留

---

① 日文把便携式酒瓶叫做 skittles（保龄球柱），因为酒瓶形状和保龄球柱的形状相似而得名。

下来的遗物，所以私自带走了？但是葬礼当天没有出现好像那名女子的人。”

“这么说来，你也没有关于那个女人的头绪？”

“嗯，就像我一开始跟你说的那样。”

“这样啊……”

一个女人的名字在我的脑海中浮现。

“正彦先生，你认识一个名叫古泽靖子的女人吗？”

我探询道。

“古泽？不认识……”

正彦摇摇头，我的期待也跟着落空。随后，我拿出那趟旅行的成员名单，摊开在他面前。

“那么在这里面有没有谁的名字是你听过的？”

他看了一会儿名单上的名字，轻轻地叹了口气。

“没有。”他说，“这些都是当时参加旅行的人吗？”

“没错。”

“哦。”

他说完，脸上的表情没有什么变化。

“我打电话到你家的时候，你好像说了一件奇怪的事？”我尽力保持沉稳的表情，若无其事地转到下一个话题，“我记得好像是说什么‘在我家附近鬼鬼祟祟’。”

正彦露出一个苦笑，拿起一直放在旁边的湿巾擦擦额头。

“那时还真抱歉，那时以为你铁定是那群家伙的同伴……”

“那群家伙？”

“虽然这么说，其实我也不知道他们的真正身份。”

“到底是怎么一回事？”

“怎么一回事？我自己也搞不清楚啊！”他耸耸肩，“一开始是住在附近的老婆婆没头没脑地对我说：‘竹本先生，你要结婚了？’我一问，才知道原来有个男人一直在打听关于我的详细状况。使那位老婆婆误以为我要结婚了，新娘那边的人跑来打听我的身家。除此之外，听说我不在公司的时候，也有人打电话去公司，好像是调查我最近的休假日期。”

“哦……”

听到这些话的当下，我还以为是警方人员。不过马上打消了这个想法，因为如果是警察，询问事情的时候会报上姓名。

“你也完全不知道自己为什么会被那些陌生人调查?”

“不知道，而且我也没打算结婚。”

“真是奇怪。”

“真的是。”

竹本正彦带着一脸厌烦的表情说道。

情况仍暧昧不明——结束与正彦的谈话，我坐在回程的小田急线电车上，一边随着行进中的电车摇摇晃晃，一边整理脑袋里的情报——

首先，川津雅之被杀。他知道自己被盯上了，而且好像知道对方是谁。

问题1：为什么当时他没打算告诉警察?

其次，雅之遇害前，曾经到山森运动广场和山森卓也社长见面。对于这件事，山森社长解释只是单纯的取材访谈。

问题2：真的只是单纯的取材访谈？如果不是，他们两个又是为了什么而见面?

接下来，川津雅之的部分资料被偷走了。说到资料，新里美由纪也曾经想要雅之的资料，这份资料大概跟去年发生的那起船难意外有关，而在那个时候碰到意外的就是以山森社长为中心的那群人。

问题3：那些资料上到底写了什么?

最后是新里美由纪的死。很明显，她知道某些内幕。

无计可施。我叹了一口气。

不管我再怎么绞尽脑汁地想把所有的线索漂亮地串起来，无奈混沌不明的部分实在太多，让我连大致的雏形都拼不出来。

不过，只有一个事实是不可动摇的。

那就是——这一连串事件的祸端，毫无疑问是发生于去年的那场船难意外。

特别是竹本幸裕的死，一定藏有秘密。

正彦说过的话在我的脑海中浮现：只有泳技高超的哥哥一个人罹难，我实在无法相信。

第四章　谁留下的讯息

1

两天后，我和冬子一起拜访坂上丰。坐在出租车上，前往坂上丰位于下落合的练习教室时，我告诉冬子竹本正彦告诉过我的话。

“某个人在调查竹本幸裕的弟弟？这件事真让人有点在意。”冬子双手交抱胸前，轻轻地咬着下唇，“到底谁会做这种事？”

“会不会是……碰到意外的那些人里的某一个？”

“理由呢？”

“不知道。”

我举起双手，做了一个无奈的动作。看来“不知道”这句话已经渐渐变成我的口头禅了。

结果，这个问题没有答案，只好先保留。没有答案的问题不停地增加着。

总之，今天的工作是先和演员坂上丰见面。

我平常不常看戏剧，所以不太了解。据冬子所言，这个坂上丰好像是以演舞台剧为主、新近蹿红的年轻演员。

“听说他穿起中世纪欧洲服装时还挺有样子，歌也唱得不错，是上升空间很大的新人。”

这是冬子对坂上丰的评语。

“你告诉他我们想请教关于去年那场意外了吗？”

我问。

“说了。我本以为他会不太高兴，没想到根本没有。他们这种人啊，对媒体是没有招架能力的。”

“原来如此。”

我点点头，越来越佩服冬子。

不久，出租车在一栋平敞的三层楼建筑前停了下来。我们下了车，直接走去二楼。爬上楼梯后，眼前出现了一间只摆放着沙发的简洁大厅。

“你先在这里等一下。”

冬子说完，往走廊走去。我在沙发上坐下来，观察了一下四周。墙上贴了好几张海报，几乎全都是舞台剧的宣传，也有画展广告。我想，在剧团不营业的时候，这个地方就可以租借给别人。

海报前面放着透明的塑料小箱子，里面有各种文宣品，箱子上面还写着“敬请自由取阅”的字样。我拿了一张坂上丰所属剧团的简介，折起来放进皮包。

过了一会儿，冬子带着一名年轻男子回来了。

“这位就是坂上先生。”

冬子向我介绍。

坂上丰穿着黑色无袖背心、黑色紧身裤，藏不住的强健肌肉，皮肤晒得恰到好处，肤色十分漂亮。不过长相是可爱型的，让人觉得他是个温柔的男人。

我们交换了名片，面对面坐在沙发上。这是我第一次拿到演员的名片，所以对这张名片非常有兴趣。其实上面只印了“剧团——坂上丰”而已，没什么特别之处。话说回来，我自己的名片上也只是毫无感情地写着姓名罢了。

“请问这是真名吗？”

我问他。

“是的。”

和外形相比，他的声音要小得多。看了他脸上的表情，不知道是不是我的错觉，总觉得他好像有点紧张。

我对冬子使了个眼色，正式进入主题。

“其实我今天登门是为了向您询问去年发生在海边的那起事故。”

“我想也是。”

他用手上的毛巾揩着额头附近，那里好像并没有流汗。

“那我就开门见山了。请问您是在什么样的情况下参加了那趟游艇旅行？”

“情况？”

他露出困惑的眼神——可能这个问题在他预料之外。

“您参加的动机。”

“啊……”我看到他舔着双唇，“是健身教练石仓邀请我的。我常去那里运动，所以跟石仓教练的关系不错。”

他说完，又用毛巾擦了擦脸——我知道自己很挑剔，但他脸上真的根本没流汗。

“那么您和其他人的关系呢？和山森社长有私交吗？”

“只是偶尔遇见过，我想应该谈不上交情……”

“这么说来，去年参加旅行的成员，对您来说几乎都是第一次开口聊天的人？”

“嗯，大概就是那样。”

坂上丰的声音不只音量小，而且没什么抑扬顿挫。我一时不知该怎么去判断。

“您好像是游到无人岛的？”

“……嗯。”

“大家都抵达了那座岛？”

“没错。”

“那么没有抵达无人岛的就是罹难者——那个叫做竹本的男人？”

我紧盯着他的眼睛。然而，他仍用毛巾半遮着脸，让我无法辨清他的表情。

“为什么只有那个人被海浪卷走？”

我平静地提问。

“这个我也……”他摇摇头，然后像在喃喃自语，“那个人说他不擅长游泳，所以会不会是因为那样才发生那种事？”

“不擅长游泳？他这么说过？”

我惊讶地重新提问了一次。

“不是……”大概是因为我的嗓门突然提高，他的眼珠子不安地转动着，“也有可能是我误会了。我只是觉得他好像那么说过。”

“……”

我感到非常诡异。竹本正彦说幸裕先生对自己的泳技非常有自信，所以绝对不可能说自己不擅长游泳。

为什么坂上丰会这么说？

我看着他的表情，看来他对于自己刚才说的话十分后悔。

我改变了询问的方向。

“坂上先生和罹难的竹本先生有交情吗？”

“不，那个……完全没有。”

“所以说，那次旅行是您和竹本先生第一次见面？”

“是的。”

“我刚才问过坂上先生受邀参加旅行的情况。那么，竹本先生又是通过什么关系参加的？他好像不是会员，也不是工作人员。”

“这个我就不知道了……”

“但是您应该知道他和谁认识吧？”

“……”

坂上丰闭上嘴，我也静默地直盯着他的嘴巴。就这么过了几十秒，他终于颤抖着张开了嘴：“为什么……要问我？”

“啊？”

声音不自觉地从我口中漏了出来。

“根本没有必要问我吧？这种事情，去问山森社长不就好了？”

他的声音虽然有点嘶哑，但语气相当强硬。

“不能问您吗？”

“我……”他好像想说些什么，但还是把话咽下去了，“什么都不知道……”

“那么，我再换一个问题。”

“没有必要。”他准备站起来，“时间到了，我必须回去排练了。”

“有一位名叫川津的人，他也一起参加了旅行吧？”我肆无忌惮地问道。他轮流看了看我和冬子的脸，点了点头。

“还有一个名叫新里美由纪的女摄影师也参加了，您记得吗？”

“这些人怎么了？”

“被杀死了。”

他从沙发上站起来的动作静止了一瞬间，但马上恢复。他俯视着我们说道：“那件事和我有什么关系吗？你干吗调查这些事？”

“川津雅之是……”我调整一下呼吸，说，“我的男朋友。”

“……”

“如果您还能允许我再多说一句，我想告诉您，犯人的目标应该是参加过那次游艇旅行的成员。所以，下一个可能就是您。”

漫长的沉默。

这段时间里，我和坂上丰互相盯着彼此的眼睛。

最后，他先移开目光。

“我要去排练了。”

他丢下这么一句话，走掉了。我很想对着他的背影再说一句，不过最后还是什么都没说，静静地目送他离去。

2

“为什么说那种话？”

在回程的出租车上，冬子问我。

“哪种话？”

“说什么犯人的目标是参加游艇旅行的成员……”

“啊——”我苦笑，伸出舌头，“不知道为什么，突然很想说。”

这次换冬子笑了。

“那就是无凭无据？”

“理论上说是无凭无据，不过，我是真的这么相信。”

“是直觉？”

“可能是比直觉更有说服力的东西。”

“我想听听。”

冬子在狭小的车内跷起脚，身体稍微朝我这儿靠过来。

“其实是很单纯的想法。”我说，“从我们手上现有的资料来看，不难发现去年发生意外的时候应该还发生了其他的事。然后，有人想隐瞒那件事。”

“但你不知道那是什么事？”

“很可惜，我不知道。不过我想在川津被偷走的资料中一定留下了相关证据，而想要得到那份资料的人之一就是新里美由纪，但她被杀死了。也就是说，在这次事件中，被盯上的人很有可能不是想知道秘密的人，而是想守住秘密的人。”

“想守住秘密的人，就是参加旅行的那些人……对吧？”

“正是如此。”

听我说完，冬子紧紧闭上嘴，非常认真地点了头。接着思考了一会儿，她又开口说道：“如果真是这样，接下来的调查就难上加难了。你看，当事人铁定全都会闭口不谈那件事。”

“当然。”

事实摆在眼前——今天，坂上丰就是这样。

“怎么办？现在只剩下山森社长身边的人了。”

“煞有介事地跑去问，好像行不通。虽然我无法断言，不过如果所有当事人都事先讲好了保守秘密，那么负责统筹的人应该是山森社长。”

“你有什么计谋？”

“嗯，”我将双手交抱胸前，窃笑起来，“也不能说没有。”

“你想怎么办？”

“很简单。”我接着说，“就算山森社长对所有当事人都下了某种封口令，但唯独有一个人，没有收到指示的可能性非常高。我锁定的目标，就是那个人。”

3

接下来的星期天，我来到市内的某间教会前。

教会位于某条静谧的住宅区街，外墙由淡茶色砖块砌成，建筑物面朝斜坡而建，入口则设在二楼，要到达入口需要爬几级楼梯。一楼是停车场，沿着坡道驶来的车子已经停了好几辆在里面。

教会正对面有一座公交车站，和教会之间夹着那道斜坡。我坐在车站的椅子上，一边假装在等公交车，一边悄悄地窥视对面的情形。准确的说法是——观察着开进停车场的车子。

山森由美——那个眼睛不太方便的少女，我还没有决定直接向她问话，就已经知道那将是非常艰难的任务。她每天都搭乘由专任司机驾驶的白色奔驰车前往启明学校上课，如果想在上下学的时候跑去找她说话，是绝对不可能的。另外，我向那所学校的学生打听之后，发现他们好像只在每周两次的小提琴课和星期日去教会时才可以离校外出。当然，这些时候仍由司机接送。

我推测，司机带她进入教会后，应该会回到车上，于是决定直接在教会里和她接触。

我坐在车站的长椅上，等待着白色奔驰车到来。干这种事的时候，车站可以说是非常方便的场所。一个女人呆呆地坐在椅子上，任谁看了都不会觉得奇怪，会觉得匪夷所思的大概只有经过车站站牌的公交车司机。

看到等待已久的白色奔驰车出现的时候，大概已经有五六辆公交车从我面前开过去了。

看到白色奔驰车在教会的停车场停妥，我便环顾四周，确定没有人影，就穿过斜坡往教会方向走去。

躲在附近的建筑物阴影下没等多久，我就等到了两个女孩踩着慎重的步伐走出停车场。其中一人是由美，另外一个是和由美年龄相仿的少女，我想应该是由美的朋友，她牵着由美的手往前走。司机的身影没有出现。

我从建筑物的暗处出来，快步朝她们走去。起初，她们二人似乎完全没有注意到，不过没多久，由美的朋友就看到我了，她以有点惊讶的表情望着我。当然，这个时候，由美也跟着停了下来。

“怎么了？”

由美问她的朋友。

“你们好。”我对她们说。

“你好。”

回答的是由美的朋友。由美感觉十分不安，失去焦点的眼眸慌慌张张地转动着。

“你是山森由美小姐吗？”

我知道她看不见，所以轻轻地笑出声来。当然，她僵硬的表情并没有因此而变得放松。

“小悦，她是谁？”

由美问道。小悦应该是她朋友的名字。

我取出名片，交给那名叫做小悦的女孩。

“帮我念给她听吧。”

她把我的名字一个字一个字地念给由美听。由美脸上的表情似乎出现了非常细微的变化。

“之前在运动中心和您见过面……”

“嗯，对哦。”

我其实并没想到她会记得我的名字，所以有点讶异。看来，由美是比我所想象的更聪明的少女。

得知我是由美认识的人，小悦的脸色变得比较安心。不能放过这个机会。我开口说道：“有一点事想请教你哦！现在可以抽点时间吗？”

“咦？可是……”

“只需要十分钟。不，五分钟就可以了。”

由美闭上嘴。她好像很介意身边朋友的心情。

我对小悦说：“等我们谈完，我会把她带到教会里。”

“可是……”小悦低下头，含糊地说，“人家交代我一定要一直跟着由美。”

“有我在就没关系。”

不过两名少女同时陷入沉默。因为她们二人都没有决定权，所以除了沉默没别的办法。

“人命关天哦！”我无计可施，只好这样说，“我要问的是去年发生在海边的那件意外。由美，你也是亲身经历的其中一人吧？”

“去年的……”

看得出来她十分惊讶，脸颊上甚至泛起些许红晕。过没多久，这道红晕就蔓延到耳边。

“小悦！”她提高嗓门叫她的朋友，“走吧！要迟到了。”

“由美！”

我抓住她纤细的手腕。

“请放开我。”

她的口气非常严厉，却让我感到她有点可怜。

“我需要你的帮助。那件意外发生的时候，是不是还发生了别的事？我希望你能告诉我。”

“我……我什么都不知道。”

“不可能不知道吧？你当时也在场啊！我再说一次，这是和人命扯上关系的事情哦！”

“……”

“名叫川津和新里的人都已经被杀死了！”

我毫不犹豫地说出来。这时，由美的脸颊好像抽动了一下。

“你知道这两个人的名字？”

由美还是闭着嘴巴，摇摇头。

“可能你忘记了，但这两个人是去年和你一起参加游艇旅行、一起碰到船难意外的人。”

她张开嘴巴，嘴型看起来好像是在说“咦？”，不过她的声音并没有传入我的耳朵。

“我相信那时发生的意外一定藏有秘密，而这二人就是因为那个秘密才被杀害的，所以我必须知道那个秘密是什么。”

我用双手抓着她的肩膀，紧盯着她的脸。照理说，她应该看不到我的脸，不过她好像感觉到我的视线，别开了脸庞。

“我……那个时候昏过去了，所以不太记得。”

她用和身体一样纤细的声音回答道。

“只要说出记得的事就好了。”

然而，她没有回答，只是悲伤地垂下眼睛，摇了两三次头。

“由美。”

“不行！”她开始向后退，两只手像是在找东西，在空中胡乱挥舞着。小悦见状，抓住了她的手。

“小悦！快点把我带去教会！”由美说。

小悦为难地看看她的脸，再看看我的脸。

“小悦，快点！”

“嗯。”

小悦一边在意着我，一边抓着她的手，小心地爬上楼梯。

“等一下！”

我从下方喊，小悦的脚步在一瞬间犹豫了。

“不要停下来！”

由美马上叫道，所以小悦只是再看了我一眼，稍微点头示意后，继续带着由美走上台阶。

我没有再叫住她们。

4

这天晚上，冬子来我家，我便向她报告了白天的情况。

“是吗？果然还是不行啊。”她拉开罐装啤酒的拉环，一脸失望，“跟我们的预测相反，敌人的防范措施相当牢固呢。看来这位山森社长连自己的女儿都下了封口令。”

“嗯，可是感觉又不太像。”我一边说，一边夹了片烟熏鲑鱼到嘴里，“虽然被她狠狠地拒绝了，不过很明显，她的表情有点迷惘。如果是被下了封口令，我想应该不至于出现那种表情。”

“不然呢？难道是她自己决定对这件事保持缄默？”

“应该是这样。”

“我真不懂。”冬子缓缓地摇摇头，“跟那件意外同时发生的到底是什么样的事？连那种眼睛不方便的女孩都想要隐瞒的秘密到底是怎样的秘密？”

“我的想法是，她在包庇身边亲近的人。”

“包庇？”

“没错，爸爸或妈妈之类的。也就是说，如果把这个秘密说出来，会对身边的人不利。”

“总而言之，”冬子喝着啤酒，喝完又说，“就是她身边的人做了一些见不得人的事情。”

“不止她身边的人。”我说，“在那场意外中活下来的人都是。当然，包括川津雅之和新里美由纪。”

不知为什么，那天夜里，我始终辗转难眠。

喝了好几杯掺水威士忌之后，我重新躺回床上，好不容易浅浅地入眠，却还是不断被惊醒。而且惊醒前，绝对都做了一个非常可恶的梦。

像这样，在不知做了第几个梦之后，我惊醒了，接着突然有一种奇妙的感觉。很难解释这是什么样的感觉，但就是觉得很不安，没办法镇定。

我看了看床边的闹钟——三点过一点点。我躺回床上，抱着枕头再度合上眼。

不过，这个时候——

不知从哪里传来了“喀隆”一声，好像是轻轻地撞到了什么东西的声音。

我又睁开眼睛，接着竖起耳朵。

就这样维持着抱枕头的姿势，后来却什么声音都没听到了。不过正当我觉得是自己的错觉时，下一个瞬间，又听到“锵当”一下的金属碰撞声。我认得这个声音。

那是挂在客厅的风铃的声音。

“什么嘛！原来是风啊！”我想着，再次垂下眼皮。可是我的眼睛立刻又睁得老大，同时心脏猛抽了一下。

以窗户的密闭状况，房间里不可能有风。

有人在房间里？

恐惧在一瞬间支配了我的心，抓着枕头的手，使劲越来越大，腋下也冒出汗来，脉搏跳得飞快。

又出现了细微的声音！我不知道是什么东西发出来的，感觉像是什么金属的声音，不过这次好像拖得比较长。

“拿出胆量来吧！”我下定决心。

稳定了呼吸，我从床上滑下来，然后像忍者那样蹑手蹑脚地走到门边，以无论如何不能弄出声音的谨慎把门打开两三公分，从那条细缝窥视外面的情况。

客厅里一片漆黑，什么都看不到。只有电视上方的录像机电子屏幕上，显示时间的数字闪烁着绿色的荧光。

就这么等了一会儿，还是没有察觉到有人在动，也没有听到任何声音。过了没多久，我的眼睛习惯了黑暗，发现没有人躲在室内，风铃声也停止了。

我决定把门再打开一点。不过，还是没有任何变化。看了几千遍、几万遍的家，依旧和以往一样宽敞。

我飞快的心跳稍微平缓了一些。

环顾四周，我慢慢地站了起来，伸手摸到墙上的电灯开关，按了下去。刹那间，整间房子亮起了淡淡的灯光。

没人，房子里没什么异样。我睡前喝的威士忌酒杯仍好好地放在原本的位置上。

是我神经过敏？

虽然眼前的景象稍微令我安心，但胸口的不祥之感依旧没有消除。就算认为可能是自己太神经质了，却无法用这个理由说服自己。

应该是太累了——为了让自己接受，我试着这么想。

可是，当我关上电灯时，一个异样的声音传入我的耳中。

那个声音是从另外一个房间——我的工作间传来的，而且是我再熟悉不过的声音——文字处理机的电源启动声。

奇怪？我思忖着。工作结束后，应该把电源关上了，我不记得自己再打开过。

我胆战心惊地推开工作间的门。当然，这里的电灯也早就被我关掉了。黑暗中，窗边文字处理机的屏幕上闪着白色的字。电源果然是开启的。

我心底的不安再度苏醒，脉搏跳动的速度也渐渐加快。怀着几乎要满溢出来的不安情绪，我缓缓地走近工作桌。当我看见文字处理机屏幕上显示的文字，双脚再也无法动弹。

再不收手就杀了你

看着这行字，我倒吸一口气，然后花了很长时间重重地吐气。果然有人入侵我的房子，而且这个人，是为了留给我这条讯息才闯进来的。

再不收手就杀了我……吗？

我无法想象是谁绕了这么一大圈来警告我，但是这个人知道我的行动，并且为此害怕。也就是说，虽然调查进行得乱七八糟，但是我们的确在朝着某件事接近。

我拉开窗帘。和室内比起来，室外竟如此明亮。宛若圆规描绘出来的月亮轻盈地浮在云朵间。

事到如今，我不会收手——我对着月亮喃喃自语。

5

在教会和由美谈话后，隔了三天，我前往山森运动广场。那是一个非常晴朗的星期三，我擦了比平常更厚的防晒粉底液，踏出家门。

山森卓也社长对我二度提出的见面请求爽快地答应了，连我为什么要见他都没问。“我都知道。”可能是因为这样吧？

到了运动广场，我直接上二楼办公室找春村志津子小姐。她今天穿着白衬衫。

“您有事要找社长？”

她说完，伸手要去拨内线电话，我以手掌制止了她。

“是的，不过现在离我们约定的时间还有一阵子。其实，我有一件事要麻烦你。”

“是什么？”

“我初次来这里的时候，你不是介绍了一位叫石仓的健身教练给我认识吗？我在想，不知能不能先跟他见上一面。”

“跟石仓……”她看着远处的某个地方，问道，“现在吗？”

“如果可以的话。”

“我知道了。请您稍候。”

志津子小姐再度拿起话筒，按了三个按钮。确认对方接起电话之后，她叫石仓来听电话，并传达了我的请求。

“他现在好像刚好有时间。”

“谢谢。他是在健身房那层楼？”

“是的。不用陪您去？”

“不用。”

我再一次向她道谢，离开了办公室。

抵达健身房后，果然只看到石仓一个人躺着在做举重运动。今天的客人很少，大概只有两三个人在跑步机上慢跑或踩着固定式脚踏车。

我一边看着石仓用巨棒般的手臂轻松地举着杠铃，一边走近他。他发现了我，对我咧嘴一笑，可能是对自己的这种微笑很有自信。不过我对他毫无兴趣。

“能这样接近美女作家，真是我的荣幸。”

他一边用运动毛巾擦拭着一滴一滴流下来的汗，一边用我这辈子都讨厌的轻浮语气说道。

“我有一点事情想请教。”

“请说，请说！只要是我能力所及，一定协助到底。”

他不知从哪里找来两把椅子，还顺便买了两罐柳橙汁。我想，他应该很受中年女性欢迎，这跟我上次看到他时的感觉完全一样。

“其实是关于去年发生在海边的那起意外——啊，谢谢。”

他拉开了罐子的拉环，把果汁递给我。我先喝了一口。

“石仓先生也是当时在场的其中一人吧？”

“是的。那次还真惨，感觉像把一整个夏天份额的泳都游完了。”

他说完，粲然一笑。牙齿还真白。

“罹难的只有一个人？”

“嗯。是男的，大概姓竹本。”

石仓用毫不在意的口吻说完，把果汁往喉咙里倒，发出了声音。

“那个人是来不及逃走？”

“没有，他是被海浪吞掉的！北斋[①]的画中不是有一幅《神奈川冲浪里》吗？就是像那种感觉的海浪，像这样啪啪地打在他身上。”

他用右手模仿海浪。

“你们大概是什么时候发现那个人不见的？”

“嗯……”石仓垂下头，弯着脖子。我不知道这是不是他刻意摆出来的姿势。

“是到了无人岛以后。因为不管怎么说，拼命游泳的时候是没有闲工夫看别人的。”

“抵达无人岛之后才发现少了一个人？”

“是那样。”

“当时没有去救他的念头吗？”

面对我的问题，石仓一瞬间无言。接着，他用有些沉重的语气开口说：“如果不去在意成功率非常低这个事实，”停顿了一下，“我可能会为了救他而鼓起勇气再跳进海里。”

他用果汁湿润了喉头，继续说：“可是那个成功率实在太低了。如果失败，连我自己的命都会丢掉。我们那个时候不敢打这个赌。若当时有人自告奋勇要去救人，应该也会被大家劝阻。”

“原来如此。”我说，但其实并不完全相信他说的话。我换了个问题：“那么在无人岛上，你都做了些什么？”

“没什么特别的，只是乖乖地等待。因为不是只有我一个人，所以不会特别担心，而且我相信救难队一定会来。”

“这样啊……”看来再问下去也不会得到什么新的情报，我微微

---

① 日本江户时代浮世绘画家，代表作有《富岳三十六景》等。《神奈川冲浪里》是《富岳三十六景》的其中一幅。

点头，对他说，“非常感谢。你刚才在训练吗？请继续。”

“训练？”他重复了一遍我的问题，挠挠头，“您说举重？那只是无聊的时候打发时间玩玩。”

“但是我看到的时候，觉得很厉害哦。”

这是我真诚的感想。无论什么样的人，都有可取之处。

石仓开心地笑弯了眼。

“被您这样的人赞美，真让我非常感激。但这真的不是什么了不起的事。您要不要试试看？”

“我？别开玩笑了。”

“请一定要体验。来来来，请躺在这里。”

由于他实在太热情，盛情难却，我只好硬着头皮答应了。还好我今天穿了轻便的裤子，动起来也比较方便。

在横椅上躺下来，他从上方将杠铃移到我手上。我想，杠铃的重量应该已经被调整过，横杠两端只各挂一片薄薄的圆片。

“怎么样？”我看到他的脸出现在我的正上方，“如果是这样的话，应该还算轻松吧？”

上下举了两三次，的确没有想象中吃力。

“我们再加上一点重量吧？”

石仓说完，不知道跑去哪里。我继续上下举着杠铃。学生时代曾经加入网球社团的我，对自己的体力多少有点自信，不过最近倒是真的没做什么像样的运动。我已经很久没这样使力了。

要不要趁这个机会干脆加入健身房？我想着。

石仓回来了。

“石仓先生，这样就可以了。如果一下子突然做得太猛，肌肉会酸痛。”

没有人回答。我还在纳闷怎么回事，正要开口再叫一声，眼前突然白成一片。

等我发现盖在脸上的是湿湿的运动毛巾时，差不多已经过了两三秒。当我想再度发出声音时，手腕上突然袭来一股沉重感。

有人在上面压着杠铃！我虽然拼命苦撑，但铁制的横杠还是压到了我的咽喉处。就算想大声叫，也因全身的力量都用在手腕上而发不出声。

当然，双脚在这个时候也毫无用武之地。

我的手腕麻痹了，握着铁杠的触感渐渐消失，呼吸变得困难。

不行了——

当我这么想着，要松掉所有力气的时候，杠铃的压力突然减轻，喉咙处的压迫感也消失了。同时，我听到了有人跑开的脚步声。

我依旧抓着杠铃，调整呼吸。发出来的呼呼声感觉好像直接从肺部透过咽喉传出来。

接下来，我感觉到杠铃飘了起来。事实上，有人把它从我手上接走，然后拿到某个地方去了。

我移动仍然酸麻的双手，把盖在脸上的毛巾拿掉。眼前出现的是一张曾见过的脸。

“嗨——”脸上堆满笑容的是山森卓也社长，“您好像很拼命呢！不过，绝对不可以勉强自己哦。”

他手上拿着的正是让我痛苦不堪的杠铃。

“山森……社长。”

等我意识到的时候，全身已是汗流浃背。血液倒冲到脸上，耳朵也热乎乎的。

“我问了春村，她说你到这里来了，所以过来看看。”

“山森社长……请问，刚才有没有别人在这里？”

“别人是指？”

“我也不清楚，不过我想刚才应该有个人在这里。”

“唔。”他摇摇头，“我刚才来的时候，一个人都没有。”

“这样吗……”

我抚摸着喉咙，仍感觉得到刚才被铁杠抵住的触感。是谁想杀我？怎么可能——

这个时候，石仓回来了，两只手拿着杠铃上用的圆片。

“怎么了？”

石仓忧心忡忡地问道。

“怎么回事？你丢下客人跑去哪里了？”山森社长问。

“我想这个可以帮她锻练体力，所以……”

“那个……石仓先生，我锻练够了。”我挥挥手，“我完全了解了。果然很辛苦呀。”

“咦？这样啊。真可惜，我希望您能更充分地掌握自己的能力。”

“我已经可以掌握了，所以不用了。谢谢你。”

“是吗？”

虽然这么说，他仍以依依不舍的神情看着杠铃。

“我们走吧！”

听山森社长说完，我站了起来，脚步仍摇摇晃晃。

6

回到办公室，山森夫人正好从社长办公室里走出来。

“有什么事？”

山森社长开口问道。夫人好像这时才注意到我们俩。

“有件事想跟你商量，不过你好像有客人。”

她望着我的方向，于是我对她点头示意，她却没有任何回应。

“那你先去打发一下时间再来。由美没有跟你在一起？”

“她今天去茶会了。”

“是吗？大概一个小时之后，你再过来。这边请。”

山森社长推开了门，我又向夫人点了一下头，走进社长办公室。我感觉她的视线一直盯着我的背影——针刺一般的视线。

进入社长办公室，山森社长马上请我坐在沙发上。几乎就在我坐下的同时，女秘书走出了办公室。大概是去准备饮料。

“我读了你写的小说。”他一坐下来就是这句话，“很有趣呢！虽然我个人不是那么喜欢复仇的主题，不过‘犯人微妙的苟且心态’这个切入点很不错哦。我最讨厌那种一边说着一大套理论一边报仇的小说了。”

我不知该怎么接话，所以只是没意义地说：“这样啊！”

“但老实说，我也有不太满意的地方哦。我最不喜欢的一点，就是用犯人的遗书来揭开部分的复杂疑团。我不赞成在没有必要的情况下，让犯人随随便便地告白。”

“您说得有道理。”我说，“是我没才华。”

“哪里。”

他正说着客套话，女秘书端着冰咖啡出现了。

我一边从包装纸里抽出吸管一边想着杠铃的事——我说的当然是刚才死命压在我脖子上的杠铃。

有人把湿毛巾盖在我的脸上，然后从杠铃上方压下来。

那个人究竟是谁呢?

是眼前这位山森社长吗?

冷静想想，我便明白，犯人并没有要置我于死地的意思。如果在这种地方死了人，会引起极大的骚动，如此一来，犯人的身份也会很快曝光。

也就是说，这是警告。

和昨天有人潜入我家一样，对方只是打算给我警告——要我别再插手。

而且毫无疑问，那号人物就在这个中心。

“冰咖啡怎么了?”

声音突然传进耳中，把我吓了一跳。这时我才意识到自己看着咖啡杯出了神。

“没什么，我只是在想，这个咖啡真好喝……”

这么说完，我才发觉自己根本连一口咖啡都还没喝。

“你今天来的目的，我已经大概知道了。”他津津有味地喝着咖啡，问道，“是想问一年前到底发生了什么事，对吧?”

“……”

“为了问这个问题，你跑去跟各种各样的人见面了吧?比如金井、坂上，还有我们家的小女儿，都被你盘问过了。”

“您知道得真清楚。”

“嗯，因为他们都算是我身边的人。”

“身边的人”吗？

“不过谁也没对我说出真相。”

山森社长露出一个含蓄的微笑。

“为什么断言他们说的不是真相？”

“因为……”我望着他一脸期待的面孔，“那些的确不是真相吧？”

他像听到什么有趣的事，露出微笑，然后靠在沙发上，点燃了一根烟。

“为什么你如此在意那个意外？那件事跟你毫无关系。对我们来说，都是过去的事了。虽然不是一件应该忘记的事情，但也没必要一直翻出来谈。”

“可是我确信有人因为那个意外而被杀死了——川津先生和新里小姐，而且川津是我的男朋友。”

他轻轻地摇摇头，过了一会儿，开口说道：“伤脑筋。”他说完，深深地抽了一口烟，“前两天有刑警跑到这里来。”

“刑警？来找山森社长？”

“没错。听说川津和新里两个人有过关联，也就是去年不知道在哪本杂志上合作发表过纪行文章，那名刑警好像是从与他们两个人都有工作关联的人开始进行调查的。那个时候，我被询问了诸如‘请问你知不知道什么什么’之类的。”

“您应该是回答了‘不知道’？”

“当然！”他用一副理所当然的口吻说道，“因为实际上就是不知道啊。那个时候就是碰到了意外，然后很不幸地死了一个人——如此而已。”

“我很难相信只是如此而已。”

“你不相信的话，我也很困扰。”

山森社长用宛如从胃部发出的低沉声音说着，脸上仍漾着微笑，可是眼底全无笑意。

“你不相信的话，我也很困扰。”他又重复了一遍，“只是单纯的船难事故。除此之外，没有其他故事。”

我没有回应他这句话，只努力地用不带任何感情的声调说道：

“我有一件事情想麻烦您——我想见令千金。”

“由美？”他挑起单边眉毛，“你找我女儿有什么事吗？”

“我想再问她一次同样的问题，上一次她没回答就逃走了。”

“不管问几次都一样浪费时间。”

“我不这么认为。总而言之，请让我和令千金见面。就算她的回答是‘什么事都没发生’也没关系。”

“这样我很困扰。”山森社长的眼神拒绝了我的要求，“我女儿在那次事故中受到非常大的惊吓。我们夫妻俩都希望她能尽快忘记那件事。由美在那时候几乎处于昏迷状态，所以就算真的发生了什么事，她也应该都忘了；就算她真的记得什么，也只会是‘什么事都没发生’。”

“不管怎样，您都不让我和令千金见面吗？”

“是的。”他冷冷地说着，然后像是要观察我的反应，紧紧盯着我。对于我表现出的沉默，他似乎感到满意。

“能请你体谅我们吗？”

“也没别的法子。”

“没错。”

“那可以请您告诉我一些事情吗？”

他伸出左手，手心朝上，像是在说：请。

“首先是竹本幸裕的事。他是在什么情况下参加了那次游艇旅行？他应该不是会员，也不是工作人员吧？”

谁都不了解这个人，天底下哪有这么荒谬的事？

“他的确不是会员，”山森社长若无其事地说，“不过在招待非会员客人的时候常常看到他，尤其是在室内游泳池。我常去那里，所以自然而然地熟起来。但是除此之外，我们之间没有更进一步的交往。”

我回想起山森社长曾经是游泳选手这件事。一瞬间，竹本幸裕十分擅长游泳这个事实也浮现在我的脑海。

“这么说来，是山森社长介绍的？”

“是这样。”

虽然我先点了头，但并不代表我完全相信这番说辞。他的这番话，或许他自认为说得通，然而竹本幸裕和山森社长两个人之间的关系居然无人知晓，真的很可疑。

“除了竹本先生之外，还有另一个跟大家没什么关系的人，一个叫做古泽靖子的女人。”

“啊……是的。”

“那位女士也是通过山森社长介绍而参加的吗？”

“嗯，没错。”山森社长突然用高得很不自然的嗓门说道，“她也是游泳池的常客。不过自从那次意外之后，我就没见过她了。”

“也没有联络？”

“没有。我想她应该是在那次意外中被吓到了。”

“您知道古泽靖子搬家了吗？”

“搬家？不知道。原来她搬家了……”

他轻咳一声，好像打算向我表示他对这件事情毫无兴趣。

“那还有……呃……”

抓准了我中断提问的间隙，他一边看着手表一边站了起来。

“行了吗？不好意思，我还有事。”

没办法，我只好慌忙跟着站起来。

“谢谢您。”

“继续加油吧！不过……”他盯着我的眼睛说，“别做得太过火。不管做什么事情，都要知道收手的界线，这是很重要的。”

他原本可能想用开朗的口吻说出来，不过在我听来，语气却极其阴郁。

女秘书一路目送我离开房间。我记得她的名字应该是村山则子，她也参加了去年的旅行。

“我也想向您请教一些事。”

离开之际，我试着对她说。她保持着微笑，慢慢地摇头。

“不说多余的话，是秘书的工作。”

她的声音很好听，语气仿佛站在舞台上说台词般清晰。

“无论如何都不行？”

“嗯。”

“真可惜。”

她再度露出微笑。

“我拜读了老师的书，非常好看。”

她口中的“老师”指的好像是我，我有点惊讶。

“哦？谢谢。”

“接下来也请继续写出更多好看的书。”

“我会努力。”

“为此，我觉得您还是不要太热衷于不必要的事情比较好。”

“……”

咦？

我重新审视她的脸庞，又看见她美丽的笑容。

“那么，我告辞了。”

接着她离开了。我则呆呆地目送她身材姣好的背影离去。

7

这天晚上，我去了好久没去的冬子的家里。冬子的老家在横须贺，池袋的公寓是她租住的。

“被盯上？”

冬子把披萨放回桌子上，发出惊讶的声音，因为我把杠铃那件事告诉了她。

“说是被盯上，可我认为对方好像不是认真的。大概是警告吧。”

我剪掉指甲，一边用锉刀将指甲前端磨平一边说道。

“警告？”

“也就是叫我不要再对这件事探头探脑的意思。啊！说实话，我昨天晚上也被警告了。”

“昨天晚上？发生了什么事？”

我告诉她关于文字处理机的事。冬子的表情好像看到了什么穷凶极恶的东西，摇了一下头。

“是谁干了这种事情……”

“我大概已经知道了。”

我把塔巴斯哥辣酱撒在披萨上，再用手拿起来。虽然是从便利店买的冷冻食品，但味道还不错。

“事故的当事人啊！他们全都不想再提起意外发生时的情形。对他们来说，我可能就像烦人的苍蝇。”

“问题的疑点是：他们为什么要隐瞒到这种地步？”

冬子伸手拿了一片披萨，我则倒了一杯掺水威士忌。

“我已经推理出一个概要。我想，应该跟那位竹本的死有关。”

“快让我听听你的推理。”

“还没到可以说的阶段，要先获得直接的证词才行。”

“可他们每个人的嘴巴不是都闭得紧紧的？”

“面对城府深又狡猾的大人，问再多都没用。还是得求助纯洁的心！”

“意思是……你打算再去找由美？”

我点点头。

“不过我需要一些能让她敞开心房的工具。依照现在这个状况，我看不管去找她多少次，都只会碰一鼻子灰。这个女孩应该是意志力很强的人。”

“工具吗？……很困难吧？”

冬子说完，伸手去拿第二片披萨，就在这个时候，电话响了。电话就在我旁边。

“一定是工作电话！”我一边说一边拿起了话筒，“喂？你好，这里是萩尾家。”

“喂？我是坂上。”

“坂上……请问是坂上丰先生吗？”

听到我的声音，冬子把快要送到嘴边的披萨再度放回盘子。

“是的。请问你是萩尾小姐吗？”

“不是，我是前两天和萩尾小姐一起去拜访您的人。”

“啊，那位推理作家……”

“请稍等。”

我遮住话筒，把电话交给冬子。

“喂？我是萩尾。”冬子用略严肃的声调说道，“是……咦？情况吗？那是什么样的……嗯……这样吗？”

这次换成她把话筒遮住，看着我说道：“他说有重大情况要告诉我们。现在就要跟他约时间，你什么时候都行吧？”

“行啊！”

冬子又对着话筒说：“什么时候都行。”

重大情况吗？

是什么呢？我思索着。上次见到他的时候，他净给一些令人听了咬牙切齿的回答。这次是打算好好回答那时的问题了吗？

“好的，我知道了。那么明天等您的电话。”

冬子这么说完，便挂上电话。不知道是不是错觉，她的脸颊看起来好像有点红晕。

“地点和时间决定了？”

我问。

“他要先确认日程，明天晚上会再打电话给我。”

“是哦！”

其实我心里想的是，如果可以，最好现在、马上就见面。

“重大情况是什么呀？”

对于我的问题，冬子摇摇头。

“他说见面再说。搞不好是要说那起船难事故。”

我也觉得这个可能性很高。若说他有什么事需要找我们，也只能想到这件事。

“假设真的是这样，为什么他突然想告诉我们了？之前明明拼命拒绝我们。”

“谁知道？”冬子耸耸肩，说，“会不会是感受到了良心的谴责？”

“可能。”

我嚼着冷掉的披萨，又喝了一口掺水威士忌，不知为什么，开始兴奋起来了。

但这根本就不是该吃披萨的时候。

我俩在次日被告知了那件事。

次日傍晚，我去某家出版社和一位叫做久保的编辑见面。关于相马幸彦，即竹本幸裕的事情，在我单方面到处打听之下，只有这位久保说他知情。久保以前是做杂志的，现在负责文艺类书籍。

在摆着简单桌椅的大厅里，我们两个人面对面坐着。大厅里没有别的人，角落里的电视正在回放卡通片。

“他是相当有趣的男人，那个相马幸彦。”

久保一边擦拭着额头的汗水一边说道。光是看着他肚子上堆积的脂肪，就让人觉得他应该真的很热。

“他是那种会一个人跑去国外一边工作一边取材的人，精力旺盛，一点儿都不输给其他人。”

“但是他的作品销售得不太好吧？”

“没错，那也是他的天赋之一。”久保摇了摇笔，“要是他能认真听我的建议就好了。他就是没有灵活性，老是把原稿直接拿来。就因为这样，他的作品内容都很无聊。”

“你们最近一次见面是什么时候呢？”

“嗯……我跟他已经很久没见面了，应该有两年了。不晓得他现在过得怎么样。”

“……您没听说吗？”

我惊讶地问。他的表情仿佛写着“什么”般地看着我。

“他过世了，去年因为遭遇船难而去世了。”

“咦……”

久保的眼睛瞪得圆圆大大的，激动地擦着汗。

“发生了这种事情啊……我完全不知道！”

“其实我这次来是要针对那次意外而取材，才会打听与相马先生有关的事。”

“原来如此，你想以那个事故为素材写一本书？”

他好像没想太多就接受了我的说法。

我绕回原本的话题。

“对了，关于相马先生的私生活，您了解吗？”

“私生活？”

“说直接一点，就是男女关系。请问他有女朋友吗？”

“唔……我不知道。”久保的眼里带着某种情愫，眼睛稍微眯起来，皱了皱眉头，“因为他单身，传言说他到处拈花惹草。特定对象的话，我就不那么清楚了……”

“他跟很多女人交往过？”

“他的动作很快，”久保放松了表情说，“因为他的原则好像是‘不是想要找女人的时候才去找，而是趁能找女人的时候赶快找’。那大概也是在国外生活时形成的人生态度吧！”

能找的时候……吗？

“话说回来，以这方面来看，他算是有个性的男人。这样啊……原来他死了？我还真不知道呢！死在海里……真让人无法理解啊……”

他歪了好几次头，但因为他的表现看起来实在是太过意外了，反而让我有点在意。

“您好像不太相信。”

我一说完，他马上接着说：“很难相信啊！他常在各个国家挑战泛舟、玩帆船什么的，常常遇到这种赌上性命的场面，而且每次都能化险为夷。区区日本近海地区的船难事故就要了他的命？我真的很难相信。”

当他说“很难相信”的时候，音量提高了很多。

久保的这席话让我回想起竹本幸裕的弟弟正彦告诉过我的事。他也说过同样的话——我没办法想象哥哥会因为船难而死。

久保和正彦说的是真的？还是意外本来就是这样？我毫无头绪。

之后我们两个人随便聊了一些没意义的事情，大约过了十五分钟，我站了起来。

“今天真是麻烦您了。”

“哪里，哪里。工作加油哦！”

我们并排走出大厅，久保突然停下脚步。

“我去关一下电视。”

他走到电视机前方打算关掉电源的时候，我大叫出声。

“等一下！”

电视屏幕上正播着我曾见过的脸孔。

那张没什么表情、看起来很凶的照片下方，写着“坂上丰”。我注意到那是新闻节目。

“……分局已经作为杀人事件开始进行调查……”

怎么会这样？

我不顾身旁的久保惊讶的表情，切换了频道。其他台也都在播报这一消息。

“今天午后，剧团人员发现一名年轻男子在 ××× 剧团的排练点流血身亡。联络警察前来调查后发现死者是剧团成员之一、现居神奈川县川崎市的坂上丰（24 岁）。坂上的后脑部位疑似被锤子之类的东西重击。由于他的皮夹等物品不见了，警方怀疑他杀的可能性很高……”

我的双脚无法移动，就这样一直站在电视机前面。

独白 3

我之所以无法原谅他们，不单单是因为我最宝贵的东西被他们夺走了。

他们的行为是因自私自利的价值观而产生的。他们毫不觉得羞耻。对此，我怒火中烧。

他们甚至认为自己的行为是理所当然的。只要是人，都会那么做。

只要是人?

可笑至极。

他们做的事情根本等于否定了人性的底线。

我不期待他们会忏悔。我对他们毫无所求，因为他们没有任何值得被要求的。

就算他们回击，我也毫不畏惧，因为王牌和鬼牌都已握在我的手里。

第五章　盲女的话

1

回到家，冲了澡，我的情绪稍微稳定下来。我披着浴袍打开电视，但因为错过了时段，无论转到哪一台，都不在播报新闻。

从冰箱拿了罐装啤酒出来，我喝了一口，叹了口气。疲惫感全跑了出来，紧紧地包裹着我的身体。

唉，我喃喃自语：没想到他也被杀了——

不需要警察调查我也知道，坂上丰是被杀死的。他是继川津雅之、新里美由纪之后的第三名死者。

这三个人的共同点是在去年一同遭遇了船难。除此之外就没有别的了。

犯人的目的究竟是什么？难道他的最终目的是杀光所有跟那起事故有关的人？

我推测接下来还会陆续出现死者。像是在嘲笑一点线索都找不到的警察和我，杀人事件会一直持续下去。

目前能想到的结果只有两个，我思索着。

一个结果是：所有人被杀。虽然这不是阿加莎·克里斯蒂笔下的故事，但结果仍是“无人生还”①。

另一个结果是：某个人活下来，其他人被杀。在这种情况下，活下来的那个人就是犯人，这样想应该比较合理。

想到这里，某个名字再次从我的脑海中浮现出来。

古泽靖子。

---

① 《无人生还》是英国推理小说名家阿加莎·克里斯蒂的代表作之一。

她究竟是活着还是已经死了？这个问题的答案足以让整个推理的方向完全改变，可我找不到她的行踪。

而且，我寻思着，坂上丰到底想告诉我们什么事？第一次和他见面的时候，他虽然拒绝了我们，却又好像很难受。那给我一种感觉：他在拼命克制自己想将一切公开的欲望。

我突然想起一件事，于是把皮包拉近。在里面找了一会儿，果然找到了记忆中的那份剧团简介。

上面介绍的是这次他们要演的现代剧，演员表有坂上丰的名字。当我看到坂上出演的角色，差点被啤酒呛死。

上面写着：伪装成老人潜入养老院的穷学生。

伪装成老人？

我脑海中浮现的是川津雅之的资料被快递送来的那天一直躲在阴影下窥视我家的老人身影。快递员说他没看清楚老人的脸，我也只瞥到一眼。那个老人该不会是坂上丰乔装的吧？

如果真的是这样，他事先知道川津雅之的资料会送到我这里，所以特地前来监视？若是被他逮到机会，会不会把资料偷走？

会的，我想。去年的意外之中，一定藏着大家都想隐瞒的秘密。

当我去拿第二罐啤酒的时候，电话铃响了。我知道是谁打来的。

“你看新闻了吗？”

冬子劈头问道，声音里带着明显的失落。

“对方又一次捷足先登。”我说，“差一点就可以从他那里获得情报了。犯人是不是知道了这一点才把他杀掉的？”

“我想应该不是……”

“总而言之，我们的确被对方抢先一步。”

“……应该约早一点的。”

“冬子不必觉得是自己的责任。对了，我又了解了一些情况。”

我告诉冬子，之前看到的老人有可能是坂上丰乔装的。果然，冬子也很惊讶。

“敌方的监视真是严密啊！”

“总之，发生了这么多事，我们必须尽快找出其中的秘密。警察现在可能也发现那三个人的共同点了。”

“但是要找谁询问呢？”冬子说。

“就像我之前说过的，只剩下一个人——山森由美。”

“但你还没有找到让她开口的方式吧？”

我理直气壮地摇摇头。

“我悟到了。”做了一次深呼吸，我说，“要用更强硬的手段。”

2

坂上丰被杀三天后的晚上，我和冬子坐在车子里。

“你想清楚了？”

右手控制方向盘的冬子问道。她说话的时候，眼睛依旧注视着前方。在我们停车处前方约几十米开外有一幢白色的洋房，冬子正盯着那幢房子。山森由美搭乘的奔驰车在大约一小时前驶入了停车场。

“责任我担，你别担心。”

我对着她的侧脸说道。

“我没担心。如果山森社长知道是我们干的，大概不会联络警察吧！要说担心，大概也只有这辆车——我刚才一直提心吊胆的，怕它刮伤。”

冬子这么说完，敲了敲方向盘。这辆车——白色的奔驰车，是她向熟识的作家借来的。

就算使用强硬一点的方法也要和山森由美碰面，把缘由问出来——这个决定的出发点很好，不过正如我所担心的，和山森由美见面并不是那么容易的事。

在启明学校，有那辆白色奔驰车接送；一个礼拜两次的小提琴课，老师也都亲自到停车场来接她，下课后送她回到车上，保护得非常周全。

除此之外，她几乎不外出。原本会去的教会，听说自从我上次逼问的那一天起就再没去过。

因此和冬子再三讨论后，我们决定把目标定在小提琴课。虽是这么说，其实也没有什么特别的理由。硬要找理由的话，可能是因为小提琴老师家住山区，往来行人比较少，我们期待夜幕低垂的黑暗能帮上一点忙。

过没多久，奔驰车上的时钟指向八点四十分。

这时，我打开右侧门下车，然后加快步伐走向那栋山森由美应该正在里面练习小提琴的房子。

西式洋房外头围着一圈非常有排面的砖墙，旁边有一座可以停放两辆车的停车场。现在停在那里的只有那辆白色的奔驰车。我偷偷窥视驾驶座，发现司机正斜躺在椅子上打盹。

我绕到驾驶座旁边，叩敲车窗。从他的方向看过来，应该会因为逆光而看不清楚我的脸。

司机缓慢地把眼睛睁开一条缝，然后突然慌慌张张地跳起来打开电动车窗。

“那个……不好意思，请问您可以先把车子挪走吗？”

我用似乎万分抱歉的声音说道。

司机好像在回想我是谁，但是最后他什么都没问，只是以有点不解的表情说：“有什么不方便的地方吗？”

“载货卡车稍后要开进来。”我说，“要在此把货物搬进去。”

事实上，这座停车场的后方设有类似卸货专用的出入口。

司机回头看了一下那个出入口后说：“原来如此。”理解似的点了点头，“那我该把这辆车停到哪里去呢？”

“往前面开一点有一间咖啡店，”我指着道路的前方，“您可以先在那里的停车场里稍作休息。由美小姐的课程结束后，我们会来叫您。”

然后我掏出一张千元大钞给他。司机一边说着不好意思一边还是收下了。接着，他精神焕发地发动引擎。

确认白色奔驰车已经朝咖啡店方向远去之后，我朝反方向，双手比画了一个大大的圆圈。和刚才的奔驰车同样的引擎声从远方传来，两盏大灯亮起后，慢慢地朝我靠过来。

我们的白色奔驰车停在了我的前方。

“好像很顺利嘛！”

冬子说。

“好戏才登场。没过多久，小提琴课就要结束了。”

“要让引擎一直开着吗？”

“好啊！”

于是冬子没熄火就下了车，然后打开后车门。做完这些事，我们躲在停车场里。

仔细倾听，能听到小提琴的旋律飘扬。这应该是由美拉的，力道强劲而圆润的音色或许可以暗示她所隐藏的内在。

我们意外地欣赏了一场音乐表演。过了一段时间，小提琴乐声从我们耳畔消失了。我们在停车场观察着四周的情况。

玄关处传来开门的声音，交谈声也传了出来。我们相互点了头之后，慢慢地走出去。

“咦？没看到中山先生！他跑去哪里了？”

一位个子很高的女性牵着由美的手，一边端详着我们一边说道。这位女性就是小提琴老师，而中山大概就是那个司机的姓。她看着我们，眼神中却没有流露出任何的兴趣。我想她可能觉得我们两个只是单纯的路人。

高个子女性让由美坐上我们的奔驰车后座，“砰”的一声关上门。然后嘴上好像说着什么，又抬头向周围张望，看来她对眼前这辆白色奔驰车一点疑心都没有。

“走啦。”

我说道。

“没问题。”

冬子回答。

我俩迈开大步，直接朝奔驰车走近。老师原本用有点怀疑的眼神看着我们，后来表情开始变得有些迷惑。不过让她的脸色起了决定性变化的是冬子轻松地坐上驾驶座的那一刹那。小提琴老师张大了嘴巴，然而她又好像不知道在这样的场合自己该说什么台词。

“这是我的名片。”

我尽可能地让自己的声音听起来很冷静，把名片拿到她面前。她伸手接下，嘴巴仍张得大大的。人类碰到意想不到的事情时做出的反应真的很有趣。

“请告诉山森先生，我们一定会将她的千金平安送回去。”

我说完，也跟着坐进后座。先坐进来的由美好像还搞不清楚到底发生了什么事。

“那……那个，等一下！”

“请代我们向山森先生问好。”

留下手里还拿着我的名片的小提琴老师，我们的白色奔驰车扬长而去。

车子驶出没多久，由美就发觉坐在自己隔壁座位的正是前几天在教会和她说过话的那名女性推理作家。可能是从我的香水味道而认出来的。

“我非这么做不可。”

我说完便向她道歉，由美什么话也没说。

冬子停车的地方是距离山森家不到一公里的某座公园旁边。那是一座只有秋千和动物形状水泥块的简单公园。由于是大白天，里头甚至连一对情侣都没有。

“我想继续前两天的话题，”我说，“你会跟我谈谈吧？”

由美沉默地摸着小提琴盒，可能这个动作可以镇定她的情绪。

“爸爸他……”沉默了一会儿，她终于张开嘴轻声说，“说不可以随便乱说话……他说我那个时候意识不清楚，不可能明确地记得什么事情。”

她的声音微微颤抖着。

“但是你有自信，自己的记忆是准确的，对吧？”

又是一阵沉默。

“没有吗？”

她摇摇头。

“我不知道。爸爸说我把梦境和现实混在一起了……”

“由美！”我抓住她的手，她的手腕细得令我吃惊，好像一用力捏就会折断似的，“我之前也说过吧？可能一直会有人被杀死，解救他们的方法只有一个，就是先抓到犯人，而你的记忆对这件事情来说是非常必要的。就算这个记忆好像梦境和现实混合的八宝粥也没关系，因为在这个八宝粥里面一定藏有另外的线索。”

我注视着由美的脸，冬子好像也在通过后视镜凝视着由美。原本就不太宽敞的车内，因这股令人难受的氛围而感觉更狭窄。

“你应该知道坂上先生吧？”因为由美歪了歪头，所以我又补充说明，“坂上丰哦！他是演员，是去年和你们一起去海边的人之一。”

她可爱的嘴唇稍微动了一下。我看着她的嘴唇继续说道：“他也被杀了。”

她的嘴唇又抽动了一下，然后看着我说：“你是骗我的吧？”

“是真的，电视新闻都报道了。”

我一边说一边想到跟她说电视之类的好像没有意义。报纸也一样。在山森家，应该会有人特地把报纸的新闻念给她听，告诉她社会上的动态。如果真是这样，坂上丰死掉的事情说不定故意对她隐瞒了。

“你可能不知道，但这是真的。坂上先生被杀了，犯人正在把去年船难事故的当事人一个一个地杀掉。”

少女的眼睛里浮现出清晰可见的恐惧。我看穿了由美的迷惘——她的心在动摇。

“你的父亲可能也被盯上了。”

我故意用没有抑扬顿挫的声音说道。她深深地倒抽了一口气。

“爸爸他也被……”

“妈妈也是。”

一直沉默的冬子坐在驾驶座上说。她说的这句话可以说是最见效力的一击，因为由美的身体在一瞬间颤抖了。

“嗯，没错。”我说，“的确，妈妈也有可能是犯人的目标，还有由美——你也是。”

由美深深地垂下头，维持这个姿势好几秒钟。接着，她抬起头来做了一次深呼吸，转过头来面向我。

“那个……如果我说出来……你会帮我们想想办法吗？”

我在后视镜里和冬子交换视线，镜子里的她轻轻地点了一下头。

“我们会想办法的。”我说，“总之，只要是在我们能力所及的范围，我们都会去做。”

由美低下头来，小声地说道：“请不要告诉任何人。”

“我答应你。”

我点点头。

3

好像假的，我脚底下踩的东西就这么不见了——

眼睛看不见的少女，用这样的说法来形容意外发生的那一瞬间。无法用视觉掌握现场状况的她，只能用身体失去平衡这个感觉来判断游艇上发生的事情。

她说，几乎在她脚底下踩着的东西消失的同一瞬间，海水袭了上来。究竟是自己掉到海里还是船进水了，她并不清楚。

“因为在那之前，我从来没有掉进海里。”

她说道。

总之就是全身浸在水里。

在恐怖中挣扎了一会儿，她就被某个人抱住了。“别担心，是爸爸哦！”这个声音随后传入她的耳中，于是她死命地抓着父亲——

“之后发生了什么事情，我不知道。爸爸叫我不要随便乱动，所以我就只管抓着爸爸的手腕，把自己完全交给爸爸。我的身体好像朝着后方漂流，我想大概是爸爸游泳的方向。”

救人的时候，好像就是要那样游？我一边听着她的话一边思考着。

究竟花了多久才抵达无人岛，她好像不知道。由于恐惧，所以觉得时间过去了很久，然而实际上是不是真的经历了那么久，她说自己也不敢肯定。不只那个时候，关于时间的长短，她平时也没什么概念。或许真是如此。

“靠近无人岛的时候，因为脚下踩到陆地，所以我终于放心了。结果全身的力气好像消失了。”

我发自内心地同意她说的话。坐在前面的冬子也点了点头。

到了无人岛之后没多久，由美好像就失去了意识。大概是因为从极度紧张状态突然放松，而且她应该也消耗了太多的体力。

“等我恢复意识的时候，听到有人说话的声音。我马上知道那是一起搭船的人发出来的，知道那些人也都成功逃出来之后，我松了一口气。可是……”

然后她便不再说话了。这种沉默的方式就像是明明一鼓作气要跃过什么东西，最后关头还是决定停下脚步。因为如此，她露出一副厌恶自己的表情。

“有一个女人尖声大叫。”她深深吸了一口气之后说，“声音很大……好像要把喉咙喊破。”

“她喊了什么呢？”

我问道。

“求求你们……”由美说着，她的语气非常激烈，连冬子都回过头来看着我们这边，“帮忙……那个女人这么叫着。”

我理解地点点头。

“求求你们帮忙——她是这么说的？”

“是的……”

嗯，我说道。

“那她是希望大家去帮谁？那个女人自身应该已经得救了。”

“他……”她中断了一下，继续说下去，“那个女人说的是——求求你们帮帮他。”

“帮他……吗？”

“你记得那个女人是谁吗？”冬子开口问由美，“那个时候在场的女性，除了你，还有四个人吧？你妈妈、秘书村山小姐，还有摄影师新里美由纪小姐和一个叫做古泽靖子的人。你不知道是哪一个？”

“我不知道，”由美摇摇头，“不过因为当时有一对情侣参加，所以我想应该是那对情侣中的女方。可是名字叫什么，我就不清楚了。”

情侣？

如果真是这样，新里美由纪和村山则子就都不能列入考虑了。当然，也不可能是山森夫人。

“也就是说，那个女人是想找人救她的男朋友？”

我再一次确认。

“我想应该是这样。”

“那个时候还有谁在那里？”

听完我的问题，由美痛苦地扭曲着脸。

“爸爸……好像还有好几个人也在，不过我不太清楚。大家说话的声音都很小，而且我自己的意识也没有完全恢复……对不起。”

“不用道歉哦。”我说道，“然后呢？在场的人什么反应？他们去救那个女人的男朋友了吗？”

虽然我叮嘱自己，要尽量保持泰然的语气，但一不小心，还是急促了。

她摇了摇小巧的脸庞。

“好像某个人说没办法，不过那个女人仍一直哭着拜托大家。我那时候心里想，叫爸爸去想办法就好了呀！可是当时我好像又昏了过去，后来发生的事情我也不记得了。每次想要回忆的时候，头就会痛起来，而且就像爸爸说的，我也觉得搞不好是自己把梦境和现实混在一起了……所以没跟任何人提起过这件事。”

说完这番话，她一把抱起小提琴的盒子。然后像是在害怕什么似的，往前坐了一点。

“这就是你在无人岛的经历？”我问完，她便像发条娃娃似的点了头。我将手掌放在她瘦弱的肩膀上，说了声：“谢谢。”

“你能保护爸爸吗？”

我在手掌上略施了点力气。

“你的这些话，让我觉得自己应该可以保护他。”

“幸好我说出来了。”

“当然。”

在我说话的同时，冬子开始发动汽车。

我们开车把由美送到山森家门口，按了对讲机，告诉对方已经把他们家的千金小姐平安无事地送回来了，之后便不管对方的大呼小叫，全速逃走。从车里回头看的时候，我发现那个照理说看不见的女孩正朝我们这边挥手。

“总算看出事情的一点端倪了。”车子驶出一段路之后，冬子开口说，“一个女人，眼睁睁看着自己的男朋友被见死不救的人害死了，那个男朋友就是竹本幸裕。”

“而那个女人，毫无疑问就是名叫古泽靖子的那位。”

我说道。

“总之，”冬子说到一半，对着前方突然刹车的车辆猛按喇叭，看来她已经习惯驾驶这台白色奔驰车了，“那个叫做古泽靖子的女人眼睁睁地看着自己的男朋友死去之后，开始了复仇。”

“这个设定未免太单纯了。”

“是啊。但就是因为单纯，所以山森社长注意到了。不只是他，其他参加旅行的人应该也都知道吧？”

“这么一来，”我的脑海里浮现一幅场景——最后和川津雅之见面的那个夜晚，“川津可能也知道自己之所以被盯上，是因为古泽靖子在复仇，所以才会跑去找山森社长聊。”

我一边说着，一边有点郁郁寡欢。我的男朋友也是对竹本幸裕见死不救的其中一人吗？

不对，那时候他不是脚受伤了嘛！

“那就代表川津被偷走的资料里写有与由美的证词一致的内容。”

我对冬子的推论颔首认同。

“新里美由纪想拿到那份资料的原因也很清楚了，还有，那次意外的当事人都不肯好好跟我们说话的理由也很清楚了。”

“问题是这个古泽靖子……”冬子说，“她到底在哪里？”

“可能躲在某个地方，等待机会杀害下一个目标。”

我想着那位素未谋面的女性。虽然那只是因事故而造成的结果，但是恋人在自己眼前遇难而束手无策的那份震惊究竟是什么样的情绪呢？之后她还和那群理当恨之入骨的人共度一晚，然后隔天一起被救走。我心里觉得，她应该早在那个时候就已经开始拟定复仇计划了。

在她的剧本中，下一个被杀害的会是谁呢？

4

在意大利餐厅吃完晚饭，我回到公寓，此时大概是十一点多。因为走廊上很暗，所以我多花了一点时间才从包里找出钥匙来。当我把钥匙插进锁孔的时候——

有一种诡异的感觉。

手上并没有传来开锁的感觉。

我拔出钥匙，试着转动门把，之后用力一拉，大门竟然毫无阻碍地应声打开。

出门的时候，忘记上锁了？

不可能，我暗忖。自从川津雅之的资料被人偷走，我对锁门这件事可以说近乎神经质地紧张。今天我也记得自己绝对锁了门。

也就是说，有人曾经进入我家，或者——现在还在里面。

我拉开门进入屋子。很暗，一盏灯也没开，也没有任何声音。

但是，直觉告诉我屋子里有人。我感觉到了对方的气息，还发现屋子里飘荡着香烟的臭味。

电灯的开关设置在一进门就能摸到的地方，我又警戒、又恐惧地伸手按下开关。

我屏住呼吸，瞬间闭上眼睛，把身体贴在墙壁上。等心跳稍微镇定下来，才慢慢地睁开眼睛。

“等你好久了。”

山森社长说。他坐在沙发上跷着腿，脸上堆满了笑容。不过那双眼睛还是老样子，活脱脱像是另外一个人的。

“这么一来，我就都知道了。”我好不容易发出声音来，话音还有点颤抖，“进出这间房子好几次的人就是你吧？乱翻纸箱，又在文字处理机上恶作剧。”

“我可没做过那种事。”

他的声音十分冷静，冷静到让人憎恨。

“就算你没做，也可以叫别人下手。”

对于这个问题，他并没有回答，只用左手的手指挠了挠耳朵。

“要不要喝点什么？啤酒？如果要威士忌，这里也有。”

不用——他像是如此表达般地摇摇头。

“你知道我为什么会到这里来吗？”

“不是来说话的？”

“不是。”

他交换跷着的腿，盯着我——从头到脚，简直就像是在检查什么。我猜不透隐藏在那双眼睛中的感情。

“你把由美还给我了吗？”

山森社长看够了，丢一个问题过来。

“当然。”

我回答道。

他挠挠左耳，然后用平静的口气说：“你真是干了件莽撞的事。”

“对不起。”先道歉再说，“我的个性就是这样，想到什么就会马上去做。”

“当作家，也是个性使然？”

“是的。”

“改一下比较好。”他说，“不然的话，又会让男人从你身边逃走，比如你的前夫。”

“……”

我说不出话来，透露出了内心的动摇。看来，这个男人对我的事情调查得相当清楚。

“如果我报警，你该怎么办呢？”

“我没想那么多。”

“因为你猜，如果我知道犯人是你，就不会报警，对吧？”

“那只是其中一个因素。”我回答道，“但另一个因素占的比例更大。如果惊动了警察，我从由美那儿问出来的话不就会被摊在太阳底下了吗？我想你应该不会做那种蠢事。”

“你相信我女儿说的话？”

“相信。”

“虽然你可能无法想象，不过那个时候的由美濒于极限状态，即使混淆了梦境和现实也很正常。”

“我相信她经历过的全是现实。”

说到这里，他沉默了。是想不到反击的说辞还是在制造什么效果？我不清楚。

过了一会儿，他才说：“是吗？那也没关系。总之别再做这种没必要的事情比较好。我是为了你好，才这么说。”

“非常感谢。”

“我是认真的。”他眼里藏着锐意，“对于你男朋友的死，我很同情，但是奉劝你还是早点忘记比较好，否则下一个受害人就是你。”

“受害……你是说我也被盯上了？”

“不只是这样。”他说，声音非常阴沉，“只是这样的话，对方是不会善罢甘休的。”

我吞了一口口水。他看着我，我也回看他。

“大概，”我开口说道，“大概所有人都被你集中管理、听你的指示吧？调查竹本幸裕弟弟的行动也是你的命令吧？”

“你是在提问？”

“我只是陈述，只是说话，应该没关系吧？好歹这是我家。”

“当然——能抽烟吗？”

“请便。我继续说下去了。川津和新里小姐被杀害的时候，你想到那会不会是一年前对竹本先生见死不救的复仇，然后开始调查可能实施复仇的人——也就是竹本幸裕的弟弟竹本正彦，掌握了他在川津和新里小姐被杀时的行踪，就可以判断他是不是犯人。”

我说话的这段时间，他掏出香烟，用一只看起来颇高级的银色打火机点火。抽了一口，摊开手掌向我比了一下，示意我继续。

“但是……这只是我的臆测，也就是他的不在场证明。事件发生的日子，他应该在上班。”

“……”

“犯人是古泽靖子吧？这个提问，请回答。”

山森社长连续抽了两三口烟，吐出相同次数的烟。在此期间，他的视线一直停留在我的脸上。

“不要扯她比较好。”

这是他的回答。说完，又闭上嘴巴。我困惑了。

“不要扯她比较好……怎么说？”

“不管怎么说，总之就是这样。”

沉闷的沉默持续了一阵子。

“我再问你一次，”山森社长说，“你不打算收手吗？”

“不。”

他叹了一口气，嘴巴里剩下的烟也一起吐出来。

“真拿你没办法。”他把香烟在烟灰缸里捻熄。那个烟灰缸是前夫曾经使用过的东西，到底是在哪里找出来的？

“我们换个话题吧！你喜欢船吗？”

“不，不是特别……”

“下个月，我们会搭游艇出海。除了去年参加的成员，又多了几个人。可以的话，你要不要也来参加？”

“游艇……又要去Y岛吗？”

“对，和去年的行程完全一样，还计划在我们避难时待过的无人岛停留一会儿。”

“无人岛也要……”

他的目的是什么？我暗自忖度，应该不会是要做一周年的法事吧！但无论如何，山森社长这伙人一定是要做些什么才会想去。

杠铃事件又一次浮现于脑海中。

参加这次旅行，代表我要深入敌阵，搞不好他们的目标是我。

“你的表情好像在警戒。”山森社长像看穿了我的迷惘似的说，“要是一个人觉得不安，也可以带上同伴。那位小姐好像姓萩尾吧？要不要邀请她一起参加？”

的确，若冬子也去，我会比较安心。而且我感觉要是一直维持现状，就什么问题也解决不了。由美的说词没有任何证据，就算有佐证，事态还是不明朗。不仅如此，我自己也很想加入这些当事人的聚会。

“我知道了。”我下定决心说，“我愿意参加。不过冬子可能有自己的事情要忙，所以，正式的回复我会等几天通知你。”

“可以。”

山森社长站起来拍了拍裤子，调整好领带，轻咳一声。

我这才发现他是穿着鞋子进屋的，所以玄关那里没有男人的鞋子。他就这样从我面前走过去，就这样走出玄关。我仔细一看，发现地毯上留下了鞋印。

打开大门之前，他只回头一次，从西装裤口袋里掏出某个东西，扔在地板上。干巴巴的金属声响起，然后恢复静谧。

“这个，我已经不再需要了，就留在这里吧。”

“……谢谢。”

“那就在海边见了！”

“……海边见。”

他开门走了出去，脚步声越来越远。

我捡起他丢在地板上的东西，冰冷的触感从指尖传来。

原来如此。

我恍然大悟地点点头。

这看起来好像是我家的备用钥匙。

第六章　再度去海边

1

夏季的游艇码头热闹非凡。

各式各样的船只停泊在港口边，四周萦绕着启程前的沸腾活力。目光所及，全都是晒得黝黑的年轻人。背负着行囊的他们，腰部线条皆利落有型。

海洋沐浴在艳阳下，熠熠生辉，放眼望去尽是一片湛蓝。

到了约好的地方，春村志津子小姐来迎接我们。

“天气晴朗，太幸运了。”

她笑容满面地说道。她今天的造型是坦克背心配短裤，让我们完全忘了她平常的形象。

“大家都到了？”

我问。

“是的，就差你们二位了。”

我们跟在她后面走，没多久，就看到站在白色游艇甲板上的山森社长。他注意到我们，便举起那只暴露在T恤外的粗壮手臂。

“前些日子真是有劳了。”

等我走到游艇旁边，他开口对我说道。

“承蒙您照顾。”

我说完，他摘掉深色的太阳眼镜，抬头望向天空说：“还真是最适合游艇出游的晴朗天气。”

一会儿，金井三郎安静地走过来，替我们把行李拿到游艇里，我们跟着他走进船舱客房。里面摆了一张小床，秘书村山则子和山森母女都在。村山则子看见我们，微微地点头示意，然而山森夫人连正眼也没瞧我们一眼，可能她还在对我们带走由美的事感到愤怒。由美则一副没有察觉进入客房的人是我们的样子。

“船尾也有客房。”

金井三郎说完，继续走向狭窄的通道，所以我们继续跟着他。沿途还有厕所和浴室，让我有点惊讶。

船尾的客房里也已经有人先住进去了，是一名年轻的男性。过了不久，我记起了他的脸。

“竹本先生也来参加了？”

我开口向他搭话。竹本正彦正在看杂志，听到我的声音，抬起头来。

“啊！”他露出一副好久不见的表情，“前几天真是谢谢您了。”

等金井三郎走开，我才向他介绍冬子。

“其实是山森社长邀请我来的。他这么一提，我才想到自己连哥哥过世的地方都还没去过，所以毫不犹豫地来参加了。”

“是哦……”

我百感交集。竹本正彦可能觉得山森社长是一个亲切的人。他应该做梦也想不到自己的哥哥正是因为山森和其他人见死不救而丧命。

“对了，那之后怎么样？还有人去调查你或在你家外面乱晃吗？”

“没有，最近没了。对了，就是和你见面之后，突然什么异常都没了。”

“这样吗？”

我点点头。

过了十分钟，我们的游艇出发了。这艘船将驶往何处？不用说，当时的我一点也不知道。

2

游艇以缓慢的速度南下。由于我并不知道游艇正常的速度该如何，所以现在这个速度算快还是慢，我无法判断。操控游艇的山森社长说：“我们用比较悠闲的姿态过去哦。”所以我想这大概算是比较慢的速度。

我和冬子并排坐在后方甲板上，遥望着渐渐远去的本州岛。到了无边无际的海上，本州岛简直像夹在天空和海洋之间的脏东西。

“我们起初去山森运动广场的时候，和山森社长见面前去了游泳池吧？”

我用只有冬子听得到的声音说道。

“我记得。”

“那个时候，我们把贵重物品先寄放在前台了，对吧？”

“嗯。”

“我记得我们游泳的时间不超过一个小时。”

“嗯，是这样。”

冬子应该不知道我为什么会问这些问题。

“如果有一个小时的时间，搞不好足以从皮包里把我家的钥匙拿走，然后到附近的锁行复制一把备用钥匙。假使不可能，拿到钥匙的模型也应该轻而易举吧？”

“是啊……”

“就是这样。”我微笑说道，“想尽办法找了个理由让我们去游泳池，只是为了找机会弄把备用钥匙。我是昨天晚上才想到的。不过就算已经到了现在这一步，我还是很在意。”

的确如此，因为那把备用钥匙是对方“不再需要了”才会落到我的手上。

“你的意思是说，当我们打算去见山森社长的时候，对方就已经知道我们打的是什么如意算盘了？”冬子说。

“正确的说法是，对方比我们自己还知道我们下一步要做什么。因为在我们还不知道快递送来的纸箱里装的是什么东西时，他们就已经知道了。”

“为什么会知道？”

“那当然是……”我如常地说，“新里美由纪告诉他们的。她肩负着将船难意外的相关资料从川津家偷出来的重责大任，却失败了，所以只好马上联络山森社长。虽然原本隔天那些资料就可以平安送到新里美由纪的手上，可是我们两个人无预警地造访山森社长，让他不得不委屈自己，拟出这个获取备用钥匙的计划。然而实际上，最委屈的要算乔装成老人来我家打探的坂上丰。”

“他们照自己的方式努力了。”

“是呀。”

他们可能真的很努力，不过随便进出别人家是很令人困扰的，况且还不脱鞋。为了洗掉山森社长的脏脚印，费了我多大的工夫啊！

“不过，”冬子的声音中像是隐藏着千头万绪，“这次的游艇旅行的目的到底是什么？参加的全都是他们的同伴……我不觉得光靠这样就可以解决问题。”

“的确……很诡异。”

我看着驾驶室。山森社长旁边的山森夫人不知道在和由美说些什么。由美的眼睛看不见海，不过她看起来像是在用全身去感受它。

没来由地，我打了一个冷颤。

出发数小时后，游艇抵达去年意外的现场。山森社长为了让大家知晓，把所有人都集合到甲板上。

“那就是我们曾漂流到的海岛。”

沿着山森社长所指的方向看过去，一个形状好像人在蹲踞的海岛静悄悄地浮在那儿。从这个位置看不到别的岛屿，所以在一望无际的海洋上，只有那里长满了茂密的草木，俨然一幅怪异的景致。那座岛屿就像来自一个莫名的国度，恰巧在这个时候停在那里小歇片刻。

没有一个人发出声音，大家都静默地盯着那座无人岛。一年前，曾经因为漂流到那座岛上而捡回一条命的人自然不用说，没有成功抵达而丧命的竹本幸裕的弟弟，胸口应该同样激烈地澎湃着。

“哥哥他……”第一个发出声音的是竹本正彦。不知道什么时候，他来到了我身后，手上还拿着一小束花。

“哥哥他很会游泳。”他用平静的口吻，以每个人都听得到的音量说，“我做梦也没想到哥哥会死在海上。”

他来到我们旁边，将手上的花束丢到吞噬他哥哥的大海中。花束在我们眼前短暂地漂了一会儿，然后以缓慢的速度漂走。

他向着大海双手合十，我们也跟着他这么做。若此时有别的船只和我们擦身而过，不知会用什么样的眼光看我们这艘船。

我们抵达Y岛的时间正如预计的，是在傍晚左右，住宿地派了车子来迎接我们。如果车子没有出现，这还真是一个物资匮乏到令人不知该怎么办的小岛。小型巴士载我们到住宿地，是一栋较新的两层楼建筑物，全是钢筋水泥，有高级民宿风情。建筑物的前方，有一座被树林围起来的停车场。

我们进入房子，便往各自的房间走去。我和冬子的房间是二楼的边间，南侧窗户下方是停车场，打开窗户就能看到海景。房间里有两张床和一张小小的轻便书桌，还有茶几和藤椅，枕头旁的台灯上设有闹钟。

其实还不错。

晚餐六点开始。虽然是不太热闹的晚餐会，不过大家本来就不熟，不能勉强。

山森卓也和妻子及女儿聊着钓鱼和游艇，秘书村山则子默默地听着。金井三郎和春村志津子小姐好像这家旅馆的工作人员般地忙进忙出，我再次想起这两个人是情侣。

竹本正彦非常沉默，不过我想这也是理所当然的。他并不是故意板着一张脸，只是好像没有特别想跟谁说话，不停地夹着餐桌上新鲜的生鱼片。山森社长偶尔会向他搭话，对话好像断断续续的。

晚餐结束，大家不知道为什么都转移到了隔壁的客厅。客厅里摆着电动玩具和无洞桌球台等娱乐设施。

最快靠近桌球台的是竹本正彦。他熟门熟路地在球杆顶端涂上巧克，然后像小试身手一般，球杆敲上白球，白球碰了球台边三次之后，命中了前方的红球。“哇！”有人发出了赞叹声。

“能教我吗？”

村山则子一边靠近他一边问道。

“我的荣幸。”

他说完，将另一支球杆交给她。

当他们开始讲解四粒球的规则后没多久，山森社长和一个矮小、黝黑的男人从餐厅走了出来。男人应该就是这栋屋子的管理人。

“佑介！”山森社长用格外洪亮的声音喊道。佑介是石仓的名字。他正要开始跟金井三郎和志津子小姐玩飞镖，手上已经拿着黄色的飞镖。

“你要不要陪我们一下？”

山森社长双手做出打麻将的手势，石仓的眼神瞬间变了。

“人手找好了吗？”

“就差你一个了。”山森社长回答，“这里的主人和主厨已经加入了哦！”

“是哦……那我玩一下好了。”

石仓这么说着，和他们一起走到楼梯那边。我看了这栋建筑物的地形图，发现麻将室在地下室。

这时候，突然响起了音乐声。我四处张望，发现山森夫人刚从放在角落里的投币式点唱机那里离开。她走到坐在沙发上等待的由美那边低声说了什么。由美的手指在书上移动，我想那大概是盲文书。

金井三郎和春村志津子小姐玩飞镖，我们在他们旁边玩老式弹珠台。机械手臂老旧，运作非常迟缓，所以想得高分比登天还难。不过即使如此，冬子还是拿到了足够重新玩一次的分数。真了不起。

玩了几次，我发现自己似乎很难赢过冬子，便先回房间去了。冬子说她想玩出更高的分数，所以仍努力不懈地操作着机械手臂。

我爬上楼梯，却在途中停下脚步往下看。

打台球的人、射飞镖的人、围着麻将桌的人、在弹珠台上燃烧熊熊斗志的人以及听着音乐的人和读着盲文书的人。

这些人就是今天晚上在此投宿的住客。

3

回到房间的时候，枕头旁的闹钟指针指向八点整，我决定先去冲个澡。

进入浴室，我先把浴缸的塞子塞起来，转开热水。就算浴缸是西洋式的，我也非得好好地将全身浸在热水里不可，这是我的习惯。热水发出和尼亚加拉大瀑布[①]一样大的声音，有气势地从水龙头流出。

利用浴缸接水的时间，我刷了牙，洗了脸。旅馆替我预备好的毛巾相当柔软，质地很好。

等我洗完脸，浴缸里的热水已经接得差不多，足以把我肩膀以下的部位都浸入。我关上水龙头，水声便像被什么东西吸走一样，一下子消失了。

我一边在热水里舒展身体，一边思索着这次旅行。

这趟行程的目的究竟是什么？说好听点，是一周年忌日的悼念之旅，但我不觉得真的是这样。难道有什么非把这些成员再次聚集在同一个地方的理由吗？

还有一件让我挂心的事。那就是：为什么山森社长要邀请我们参加？如果他还想作什么怪，我们的存在对他来说只会碍手碍脚。

怎么想也想不通。我拔掉了排水孔的塞子，准备先洗头，再冲澡。排水声加上冲澡声，令整个浴室里十分嘈杂。

我出了浴室，发现冬子已经回来了。她趴在床上看杂志。

“打完弹珠了？”

我一面用浴巾擦拭着头发一面问道。

“嗯，没办法，零钱都花光了。”

意思是说，如果零钱没用完还会继续打下去？我觉得我看到了她的另外一面。

“其他人呢？”

“山森夫人和由美还在客厅。竹本先生和村山则子女士沉醉在《江湖浪子》[②]的气氛里。看来他们两个很合拍啊！”

“志津子小姐他们呢？”

---

① 位于加拿大与美国交界，世界三大跨国瀑布之一。

② 保罗·纽曼的电影代表作之一，描述职业桌球高手巧妙的球技和多彩多姿的个人生活。

“说是要去散步，不过谁晓得呢？”

冬子一副兴趣索然的样子。

头发擦干后，我走到小书桌那儿，拿出大学笔记本，开始整理事件时间线，毕竟我们这次的行动要在不远的将来写成现实题材小说，不做点这方面的功课说不通。

我不经意地瞥了一眼枕头边的闹钟，显示现在是八点四十五分。

在我工作的时候，冬子进浴室洗澡。笔记本里全是问号，让我的心情非常烦躁。就在我快要受不了的时候，她从浴室里出来了。

“好像陷入僵局了！”

她看穿了似的说。

“有点奇怪。”我说，“从各种角度来判断，犯人应该就是竹本幸裕的女朋友，也就是那位名叫古泽靖子的女性。而这件事情，山森社长他们一行人大概也都知道，可是他们没有要找出古泽靖子的意思，反倒像是在怀疑竹本正彦，调查了他身边的大小事。简直就像是认为古泽靖子不是犯人。”

“不能说他们没有找古泽靖子，”冬子从冰箱里拿出两瓶果汁，分别倒入两只杯子，“说不定是在我们看不到的暗处活动。你想想看，我们一开始也不知道他们私下在调查正彦。”

“这么说也没错——啊，谢谢。”

冬子帮我把果汁放在桌子上。

“总之，只能先观察一下。而且我们也还不知道山森社长组织这次旅行的真正目的。”

我点点头，看来冬子在意的地方跟我一样。

我又转头面对书桌，看了一会儿笔记。冬子望着窗外，突然发出声音。

“咦？”

“怎么了？”

“没什么，不是什么重要的事情……有人从玄关出去了。可能是志津子小姐。”

“志津子小姐？”

我也探出身子从窗户向外看去。只可惜外头没有街灯，树木又高大茂密，所以没有办法看得很清楚。

“这个时候出门做什么？已经九点四十分了。”

冬子这么一说，我看着闹钟，的确是这样。

“可能是散步。金井先生没有跟她在一起吗？”

“不知道，我觉得应该是一个人。”

冬子望着窗外，摇了摇头。

过了没多久，我们就上床睡觉了。今天早上起得很早，加上白天的疲劳感渐渐开始蔓延全身，我和冬子不停地打着哈欠。

“他们说早餐八点开始。你能帮我把闹钟设定在七点吗？”

冬子一说，我便把闹钟上小小的指针拨到七点。

这时刚好是十点整。

独白 4

该来的时刻终于来临了。

是时候杀掉那个女人了。

当那个女人的尸体映入他们的瞳孔时，他们究竟会有什么反应呢？当他们知道，那个乍看之下毫无关联的女人被杀死的时候。

不——

无论谁都知道那个女人并非毫无关联的人。不仅如此，若那个女人不存在，这次的事情绝对不会发生。

是时候杀掉那个女人了。

光是回想那个时候的感触，就令我的身体颤抖不已。并不是因为恐惧，而是到目前为止那些一直被我压抑着的东西使我全身的血液沸腾。

不过，我的头脑是冷静的。

我知道我不能随着自己的欲望无穷尽地杀戮，一定要精心策划才行。而且现在我的精神状态平静得连我自己都觉得很靠谱。

没什么好迷惘的。

宜人的夜色染上我的心头。

第七章　关于那个奇妙的夜晚

1

从可恶的噩梦中惊醒时，四周一片黑暗。

真的是很可恶的梦。有类似黑色烟幕的东西不停地追着我跑，无论我跑到哪里，它都不放过。黑色烟幕有什么好恐怖的？我自己也不知道，总之就是很可怕，吓得我出了一身冷汗。

而且莫名其妙地头痛。

当我想起床喝杯水的时候，发现隔壁的床位空荡荡的。

再仔细一看，床上放着冬子叠得整整齐齐的睡衣。我看向床尾，室内拖鞋取代了她的浅口便鞋，并排放在地上。

她也跟我一样做了可恶的噩梦，所以跑去散步了吗？

我看看闹钟，现在是十一点出头。没想到我并没有想象中睡得那么久。

走到洗脸台洗了把脸，我换了一套衣服，总觉得难以入睡，而且也挺在意冬子。

出了房间，外头明亮得令我意外。听到笑声从客厅传来，好像还有人没就寝。

走下楼梯，我看到山森社长和夫人、石仓及旅馆主人在谈笑。他们的手上都拿着平底玻璃杯，中间的茶几上摆着威士忌的酒瓶和冰桶。

冬子不在。

最先注意到我的是山森社长，他对我举起手。

“睡不着吗？”

“是啊，睡醒了。”

“要不要加入我们？不过没有什么太高级的酒。”

“不了，别算我。对了，请问你们看到萩尾小姐了吗？”

“萩尾小姐？没有。”山森社长说完，摇摇头，“我们也是在大概三十分钟前才来这里。”

“因为只有大哥一个人输，所以一直惹人烦地说，在挽回面子之前绝不放我们走。”

用轻佻口吻说话的人是石仓。虽然没什么好笑的，我还是一面赔着笑一面靠近他们。

“太太是什么时候过来的？”

我看着夫人的方向问道。

“一样。”夫人回答，“把女儿送回房间后，我一直待在我丈夫他们身边。有什么问题吗？”

“不，没什么。”

我往玄关望去，玻璃门紧紧地关着。

冬子到外头去了？

山森社长他们如果三十分钟前才来这里，冬子大概就是在十点到十点半之间从房间里离开的。

我走到玄关看了一下门锁的状况。玻璃门是从内侧上锁的。

“哦？你的朋友要是出去了，那就得把锁打开。”

名叫森口的肥胖旅馆主人来到我身旁，打开了玻璃门锁。

“请问，这扇门是什么时候锁上的？”

“唔……在我们打完麻将的前几分钟，大概是十点十五分或二十分吧。其实本来应该十点就要上锁的，我忘了。”

他伸手指着贴在墙上的一张纸。原来如此，上面用奇异笔写着“晚上十点后，大门会锁上，请注意”。

我有点介怀。

若冬子真在晚上跑出去散步，就一定是在十点十五分之前。在那之后出去的话，冬子就得开了锁才能出去，然而现在眼前这扇门刚刚是锁着的，这说不通。

我看着挂在墙壁上的时钟，指针指向十一点十分。也就是说，她如果是在十点左右出去的，到现在已经外出将近一个小时。

“那个……”我再度看着坐在沙发上谈笑的那群人，“真的没有人看到萩尾小姐吗？”

他们中断谈话，视线全都集中到我身上。

“没看到。怎么了？”

发问的是石仓。

“她不在房间里。我在想她是不是去散步了，可是因为实在太久了，所以……”

“原来如此，那还真令人担心。”山森社长站了起来，“可能还是去找一下比较好。森口先生，能跟您借一下手电筒吗？”

“没问题，可是要小心哦！外面黑漆漆的，而且走远一点就会碰到悬崖。”

“我知道——佑介，你也一起来。”

“那当然。麻烦也借我一支手电筒。”

“我也去。”

我说。看着他们两个人认真的样子，我心中的不安加重了。

我们分成两组寻找冬子。由于石仓说他要沿着旅馆前面的车道找找看，所以我和山森社长绕着旅馆周边寻找。

“为什么非得在这个时候离开旅馆不可？”

山森社长的声音中带着一丝愤怒。他和我单独相处的时候，总会用高人一等的方式说话。

“我不知道。明明我们是同时就寝的……”

“大概什么时候？”

“十点左右。”

“那可不行啊，太早了哦！平常过惯了不规律生活的人，就算偶尔想早点睡也是睡不着的。”

我没回答，只顾移动着脚步。现在不是反驳他的谬论的时候。

旅馆外面是小小的森林，旁边环绕着简单铺设的步道。沿着步道往深处走，就会到达旅馆的后方。旅馆后方就是刚才主人说的悬崖，眼底净是一片好像要把人吸进去的蓝黑色暗影，听得到海浪在暗影里的拍打声。

山森社长将手电筒照向悬崖下方。不过那种程度的亮光果然没办法照到悬崖尽头。

“应该不可能吧……”

他自言自语般地说道。我沉默以对，不愿意作答。

我们绕了旅馆一整圈，又回到客厅，但冬子还是没有回来。回来的只有沉着脸的石仓佑介。

“人不在这栋房子里吗？”

山森社长向旅馆主人森口问道。森口用毛巾擦拭着太阳穴上的汗水回答：“我整栋房子都找过了，可是哪儿都没看到。其他的先生、女士我也问过了，大家都说不知道。”

金井三郎和志津子小姐他们也都聚集在客厅里了，目前不在这里的只有由美。

“没办法，我在这里再等一下好了。请各位去休息吧！等到天亮，我们再去找一次。”

山森社长对着所有人说。

“直接报警不是比较好吗？交给他们处理比较实际。”

小心翼翼地说出这句话的人是竹本正彦。山森社长当下就摇头。

“这座岛上没有警察局，只有派出所。真正有权管辖的是警察总局，所以就算现在报警，也要到明天早上他们才会派直升机飞过来。在判断这是一起真正的事件之前，我想警方是绝对不会理睬我们的。”

“只能等？”

石仓一边敲打着自己的脖子一边问。

“总之，请大家先去休息。如果什么事情都没发生，明天我们还是会按照原本制订的行程，一大早出发。”

大家听完山森社长的话，一个接一个地开始回房了。然而每个人的脸上都清楚地写着——都已经这样了，怎么可能什么事情都没发生？

“我要留下来。”看起来山森社长好像有意把我赶回二楼，所以我直截了当地说："倒是山森社长，您应该先去睡觉！明天不是还要开船吗？"

"我哪能睡觉？"

他这么说完，在沙发上坐了下来。

2

最后留下来的是山森社长、我和旅馆主人森口。

我躺在沙发上等着。有时，睡魔会突然袭来，意识也会跟着离我远去，可是在下一个瞬间，我又会突然醒过来。当我想小睡片刻的时候，又会被可恶的噩梦弄醒。我只能说是可恶的噩梦，因为实际内容一点也不记得了。

时间就在这样的状态下流逝，外面一点一点亮了起来。等到客厅的时钟指针指向五点的时候，我们又出去了。

"冬子！冬子！"

站在朝霭之中，我一边喊她的名字一边前进。四周完全被寂静吞噬，我的声音就像对着古井喊叫般弹回来，不停地空转。

我感到不安侵袭着胃部，脉搏变快，反胃了好几次，头也很痛。

"到旅馆后方看看吧。"

山森社长说。旅馆的后方是那道悬崖，我听出了他的意图，曾在一瞬间停下脚步，但最后还是不得不去面对。

太阳快速升起，晨间的雾气散去，视野渐渐地开阔起来。此时，连树木的根都可以清楚地看见，而我的不安也随之急速加重。

昨天晚上看不太清楚，原来悬崖的边缘用铁链和木桩做成栅栏围了起来。但那也不是有什么保障的东西，轻轻松松就可以跨过了。

山森社长跨过栅栏，步履谨慎地靠近悬崖边。海浪的声音传了上来。我暗自期望他能够毫无反应地回来。

他什么也没说，便往悬崖下方看去，不一会儿，面无表情地回到我身边，把手放在我的肩膀上，用毫无起伏的声音说："回去吧！"

"回去……山森社长……"

我看着他的脸。他抓住我肩头的手又施加了一点力气。

“回去！”

一个阴郁而沉重的声音说道。同时，某种东西突然激烈地在我心头流动。

“悬崖下面有什么……冬子在下面，对吧？”

他没有回答，直盯着我的眼睛。就算回答了也是一样。我从他的手中逃开，跑向悬崖。

“不要去！”

我把他的声音远远抛在背后，爬过栅栏往下看。蓝色的海洋、白色的浪花、黑色的岩壁——这些东西皆在一瞬间映入眼帘。

以及倒卧着的冬子。

冬子贴在岩石上，看起来就像一片小小的花瓣。身体一动也不动，任凭海风吹抚。

我的意识好像被大海吸走了。

“危险！”

有人扶住了我。海和天空翻了一圈，我的脚下失去了平衡……

第八章　孤岛杀人事件

1

睁开眼睛，我看到了白色的天花板。

奇怪？我的房间长这个样子吗？正纳闷着的时候，记忆一点一点恢复过来。

“不好意思，她好像醒了。”

头顶传来说话的声音。我一看，发现志津子小姐站在窗户旁边。窗户是开着的，白色的蕾丝窗帘随风飘动。

“我想，让空气流通一下会比较好。需要把窗户关起来吗？”

“不用，这样就可以了。”

我发出的声音沙哑至极，感觉好凄惨。

“我好像昏过去了？才会被抬到这里来吧？”

“嗯……”

志津子小姐微微点头。

“冬子她……死了吧？”

“……”

她低下头。问了这么理所当然的问题，我对她感到抱歉。我分明了解，那并不是梦境。

眼眶热了起来，我假装咳嗽，用双手捂住了脸。

“其他人呢？”

“在楼下的客厅里。”

“……他们在做什么呢？”

志津子小姐好像难以启齿般地垂下眼睛，小声地回答道：“好像在讨论接下来该怎么办。”

“警察呢？”

“派出所那边派了两个人去勘查情况。东京方面也派人过来了，不过好像还要再等一阵子才到。”

“这样吗？那我也差不多该过去了。”

当我直起身体的时候，头又开始痛起来，身体也跟着摇摇晃晃。志津子发觉我的状况之后，赶紧上前扶着我。

“您还可以吗？我想，不要勉强自己比较好。”

“嗯，没关系。我以前从没昏倒过，只是身体还没习惯而已。”

没问题，我又说了一次，接着下床。我感觉脚底板好像不在地上似的，不过现在可不是说这些话的时候。

进了浴室，我先用冷水洗把脸。镜子里，我的脸庞看起来好像又老了一轮，肌肤毫无生气，眼眶凹陷。

我把手伸向洗脸台想刷牙的时候，碰到了冬子的牙刷——那支不知道看过多少次的白色牙刷。她对牙齿的保健特别在意，所以从来不使用其他牌子的牙刷。

我从那支牙刷联想到冬子洁白的牙齿，接着在脑海中描绘了她的笑容。

冬子——

我紧紧抓住她的遗物，在洗脸台前，跪倒在地，体内的热气翻涌着。

我哭了。

2

走下楼梯，所有人都在一瞬间对我行注目礼，然后在下一个瞬间，几乎所有人都移开了目光。没有移开目光的只有山森社长和由美二人。由美应该是因为听到脚步声才将头转向我这边，但并不知道走过来的人是我。

“还好吗？”

山森社长向我走了过来。我点了点头，不过看起来应该非常不明显。

石仓佑介起身让出沙发上的位子给我。我对他说了声“谢谢”后坐下，这时，沉重的疲劳感再度袭来。

“后来……怎么样了？”

由于在场的每个人都刻意看向别处，所以我只好无奈地问山森社长。

“森口先生正带着警方的人到现场去。”

以低沉苦涩的声音回答的他依然很镇定。

“我们的游艇一定是被人诅咒了！”石仓的声音里掺杂着叹息，“去年碰到了那样的事故，这次又是摔下悬崖的意外。我不是开玩笑，不过看来有驱邪的必要。”

“意外？”我重复了一次，“你说冬子从悬崖坠落是意外？”

我再一次被大家的脸包围了，只不过我感觉这次的目光和刚才好像不太一样。

“你觉得不是意外？”

面对山森社长向我丢过来的问题，我明确地点点头，这个动作里包含了“这不是废话吗？”的情绪。

“这可是重要的意见。”他用更清晰的声音说，“不是意外的话，就是自杀或他杀。你当然不会觉得是自杀吧？”

“没错，当然不会。”

我回答完，山森夫人马上摇摇头说道：“说什么蠢话？他杀是什么意思？你应该不会说犯人是我们这些人里面的一个吧？”

“嗯，如果真是他杀，犯人就只能从我们这些人里面找出来。”山森社长的脸上带着冷静得令人畏惧的表情，“现在就断言那是一起意外，的确言之过早。而且，听说在摔死的状况下，要辨别这一点是非常困难的。”

“所以啊，我万万没想到你会说得好像犯人就在我们这些人当中一样！”

山森夫人歇斯底里地说道，涂着红色口红的嘴唇像是自身具有独立生命似的蠕动着。

“请您说明一下，为什么您会觉得是他杀？”

以不输给山森社长的冷静口气说话的人是村山则子，她看起来完全没有因为突发状况而显得狼狈，脸上的妆容也完美得无可挑剔。

“我之所以认为不是单纯意外的理由，是就意外来看，疑点未免太多了。在这些疑点尚未厘清之前，我没办法接受意外事故这种说法。”

“什么样的疑问？”

山森社长问。

“第一，因为悬崖边缘围着栅栏。她有什么必要非得跨过栅栏站到悬崖边上去？”

“说不定她有自己的理由啊，”回答的是石仓，“可能想要看清楚悬崖下方吧。”

“那时悬崖下方应该是漆黑一片，什么都看不到。还是你的意思是她有什么特别想看的东西？”

“那……”

他话说到一半，便闭上了嘴巴。我继续说道：“疑问之二是她离开旅馆这件事情本身。玄关处不是贴着十点以后就会锁门的告示吗？假设她看到那张告示，我想她绝对不会跑出去散什么步，因为搞不好会被反锁在外面。”

“所以，”山森社长开口，“她没有看到贴在玄关处的那张纸，因为没看到，才会离开旅馆。”

“山森社长会这么想，恐怕是因为你不了解她的个性。只要是在深夜外出，她一定会特别确认清楚这些事情。”

“您这话听起来有失偏颇，”村山则子用拼命克制住情绪的声音说，“不过就算您上述的两点说法都正确，也不能说萩尾小姐绝对没有主动离开旅馆吧？如果那位小姐出去散步的时候还不到十点，说不定她觉得只要在锁门之前回来就好了。”

“没有，情况好像不是那样。”代替我回答的是山森社长，他对着自己的秘书说，“我问过了，萩尾小姐上床睡觉的时间好像是十点整，然后可能是突然起来或因为什么原因离开了房间，所以离开旅馆一定是十点以后的事——对吧？”

“如你所言。”

我回答。

“可是那位小姐离开旅馆是事实吧？她是在旅馆外面死掉的。”

夫人的语气里隐含着刻薄的意味。我紧紧盯着夫人的脸。

“就算是这样，我也不觉得她是依照自己的意愿离开旅馆的。很有可能是收到某个人的邀约，她才出去的。举极端一点的例子来说，她也有可能是在旅馆内被杀害，然后被丢下悬崖弃尸的。”

夫人说了句“怎么可能”，别开了脸。

“原来如此，你的说法的确也有道理。这么一来，再怎么谈论，恐怕也没办法知道真相。”山森社长为了化解针锋相对的尴尬气氛，环视所有人之后说，“那就请在场的各位说明一下自己昨天晚上的行踪，怎么样？这样的话，应该能找出真相吧？”

“就是不在场证明嘛！”石仓的眉宇间浮上些微的不悦，“感觉还真是不太好。”

“不过关于这一点，迟早都得面对啊。等东京来的调查人员抵达之后，他们一定也会先问我们昨天晚上做了什么。”

“是当作那时的预演吗？”

石仓嘟了嘟下嘴唇，耸了耸肩。

“大家觉得怎么样？”

山森社长的目光慢慢地扫过每个人的脸庞。大家一边观察着别人的反应，一边非常消极地表示同意。

我就这样开始确认所有人的不在场证明。

3

“我想各位应该都知道，我一直都待在地下室的麻将室里。”

第一个发言的是山森社长。我看大概是因为他有百分之百的自信吧！

“当然，去洗手间这种事是免不了的，以时长来说，大概是两到三分钟左右，这也不是足以做什么坏事的时长。还有，小弟也一直跟我在一起。不过说到在一起，森口先生和主厨也是哦。换句话说，有人可以证明我说的话。”

石仓对他的话猛点头，好像很满意。

“麻将大概是在什么时候结束的？”

我刚问完，山森社长马上就回答了：

“十点半左右，就像我昨天晚上跟你说的一样。打完麻将，大家在这里闲聊，聊到十一点左右，你就下楼了。”

“不用说，我也是。”

石仓脸上浮现出相当乐观的表情。

我沉默了一会儿。山森社长对着自己的妻子说道：

“接下来轮到你了。”

夫人看起来非常不服气，不过她一句抱怨都没有，转过来面对着我。

“从吃完饭到接近十点的这段时间，我都和由美待在这里。后来带由美回房间，让她在床上躺好之后，我折回去看看丈夫他们，然后一直和丈夫他们待在一起。”

“内人回到我们这边的时候，刚好是十点整。”山森社长对我说，这正好是我接下来想问的，“这一点你可以向森口先生他们确认。”

我点点头，按顺序来看，下一个是坐在夫人旁边的由美。于是我把视线转移到她的身上。

“由美就不用了吧！”山森社长注意到我的视线后，问道，“你觉得小女能做什么吗？”

他说得确实有道理，所以我把目光移到金井三郎身上。

“我吃完饭，玩了一下飞镖。”他开口说，“当时萩尾小姐在隔壁玩弹珠台，村山小姐和竹本先生在旁边打桌球。”

“他说得没错。”

村山则子插嘴道，竹本正彦也点了点头。

“射完飞镖，我都在跟太太和由美说话，直到九点半左右都在这里。后来我回到房间冲澡。冲完澡，因为想去外面吹吹风，所以爬到顶楼去了。那个时候，村山小姐和竹本先生已经在顶楼了。”

“那时候大概是几点？”

"我想应该还没到十点。"

"嗯，是的。"村山则子又从旁插嘴，"还没有到十点。因为后来志津子小姐也马上出现了，她出现的时间正好是十点左右。"

"请等一下。"我看着金井三郎的脸，"你不是跟志津子小姐出去散步了吗？"

"散步？"他不解地皱眉头，"没有啊！我并没有离开旅馆。"

"可是，"这次我把目光移到志津子小姐身上，"九点四十分左右，志津子小姐应该离开旅馆了吧？我还以为你一定是跟金井先生一起出去的。"

志津子小姐露出呆滞的表情，可能她对我知道她出门一事感到意外。

"冬子刚好在那个时候看到你了。"

过了一会儿，她才对我的说明点点头。

"那应该是我去找散步道的时候。"志津子小姐像想起什么似的说道，"因为太太问我这附近有没有可以让大小姐走的步道，所以我出去找。"

"志津子说得没错。"夫人说，"因为虫鸣声很悦耳，所以我想让由美出去散散步。志津子小姐出去帮我确认环境的安危。不过外面太暗了，不太安全，后来我们打消了念头。"

"志津子小姐大概出去了多久？"

我问道。

"差不多十分钟。"她回答，"之后我就和太太一起送大小姐回房间，然后去顶楼。那个……因为金井先生说他洗完澡之后会去顶楼，所以……"

志津子小姐说到后面有点迟疑，大概是因为她和金井三郎的关系被迫在众人面前公开。

"说到这里，我想您应该已经了解事情的大概状况了。"村山则子用自信满满的口吻说，"我和竹本先生在打桌球。打完桌球的时间大概是金井先生回房间前几分钟，也就是九点半之前。然后我和竹本先生去顶楼聊一些工作上的事情。聊了一会儿，金井先生和春村小姐都来了。”

我以确认的表情望向竹本正彦的脸。他像是在说“没错”似的，朝我点了点头。

“好啦，这么一来，大家的行踪就很清楚了。”山森社长一面摩擦双手，一面环视着众人，“看来每个人都分别度过了自己的夜晚。只不过目前唯一可知的就是大家在十点之后都有不在场证明。然而萩尾小姐离开房间是十点以后的事，所以在场的没有人能跟她有所接触。”

石仓在一瞬间松下脸。夫人则好像赢了什么东西似的，挺着胸脯高傲地看着我。

我将双手交叉抱在胸前，低下目光看着自己的脚边。

不可能——

有人说谎。冬子在深更半夜跑到悬崖边失足坠落？这实在让我难以相信。

“你好像不太能接受呀！”夫人的声音响起，听起来混合着些微的嘲讽意味，“如果你无论如何都不肯接受的话，可以说明一下我们为什么非得杀掉那位小姐不可吗？动机？在这种时候是用这个词吧？”

动机——

虽然我很不甘心，然而这的确是一个很大的疑问。为什么非得杀掉她不可呢？难道她被卷入了什么突发事件中吗？……被卷入？……

对了！我在心里拍了一下手。她会在半夜离开房间，是不是因为和某件非常重要的事情有关呢？比如说……她看到了什么，然后被看到的那个人拼死也要堵住她的嘴巴——

“怎么了？快点说说动机是什么呀。”

夫人的遣词用字依旧尖锐，我保持沉默。

“不要这样。”山森社长说，“最亲近的朋友突然死掉，任谁都会疑心病很重。既然大家的不在场证明都有人证，嫌疑也就解除了。这样就够了吧。”

嫌疑解除？

说什么鬼话！我在心里想道，嫌疑什么的，根本一个都没解开。对我来说，所有人都是敌人。在我看不到的地方声称有什么人证、不在场证明，在我看来一点意义都没有。

我还是低着头，咬着牙。

4

过了一会儿，旅馆主人和巡警来了。巡警是个五十岁左右的男人，看起来人很和善，而且很明显地对这起突发事故感到不安。看到我们之后，一句话都没问，只窸窸窣窣地和旅馆主人低声说话。

东京来的调查人员没多久也抵达了。来的是一个胖子和一个瘦皮猴，二人都是刑警。他们在客厅里问了我们事情发生的大概情形，之后把我单独叫进了餐厅。

"这么说来，"胖子刑警用自动铅笔挠挠头，"当你们上床睡觉的时候，萩尾小姐没有什么异状？至少在你看来是这样？"

"是的。"

嗯，刑警露出一副陷入沉思的表情。

"这是你第一次和萩尾小姐一起出门旅游吗？"

"不，过去我们曾经为了取材，一起出去旅行过两三次。"

"那时曾经发生过这种事情吗？萩尾小姐曾因为半夜睡不着而跑到外面去过吗？"

"之前跟我在一起的时候，没有发生过这种事。"

"换句话说，萩尾小姐之前跟你在一起的时候，是一个会乖乖睡觉的同伴？"

"嗯，算是这样。"

"这样啊……"刑警抓抓长出胡子的下颚，看来他还没时间刮胡子，"这次的旅游也是你邀请她的？"

"是的。"

"如果说是取材之旅，听起来好像是工作中的一环。萩尾小姐很享受这次旅游吗？"

好奇妙的问题。我歪了歪头，回答道："因为她是习惯到处跑的人，所以应该没有什么特别的感受。不过我想她应该是照着自己的方式去开心地玩了。”

这虽然不是什么明确的回答，但是我也没别的说辞。

“你和萩尾小姐私底下的交情怎么样？感情很好吗？”

“嗯。”我清楚地点了一下头，“我们是很要好的朋友。”

胖子刑警把嘴巴圈成一个圆形，像是在说“哦”，只是没有发出声音。接着他瞥了旁边的瘦皮猴刑警一眼，再把目光转回我的脸上。

“在这次旅游之前，萩尾小姐有没有找你谈什么事？”

“谈什么事？您是指哪方面的？”

“不是，只是说她有没有跟你谈什么个人烦恼啊之类的事。”

“啊……”我终于看出刑警的意图，“您认为冬子是自杀？”

“没有，我没这么判定。我们的职责是探究所有的可能性嘛——那么，怎么样？她有没有找你谈过类似的事？”

“完全没有，她那个人根本没有什么烦恼可言。她的工作和私生活都非常充实。”

我说完，刑警抓抓头，嘴唇扭成奇怪的形状。我觉得他在苦笑，只不过在我面前拼命地克制了下来。

“我知道了。最后想再跟你确认一下，你说你和萩尾小姐就寝的时间是十点左右？”

“是的。”

“你醒来的时候是十一点？”

“是的。”

“在这段时间内，你都处于熟睡状态，完全没有醒？”

“嗯……为什么要问这些事情？”

“没有。没什么为什么，只是啊，在那段时间里睡觉的人只有你一个，所以……”

“……”

我不明白刑警这番话的意思，一瞬间语塞。但马上恍然大悟。

“你在怀疑我？”

我说完，刑警像受了什么惊吓似的，急忙挥手。

“我不是在怀疑你。还是……你有什么该被怀疑的理由吗？”

“……”

这次的沉默是因为我完全不想回答。我瞪着刑警的脸，从椅子上站起来。

“问完了？”

“啊，问完了。谢谢你的配合。”

我留下话音未落的刑警，走出了餐厅。大概是因为生气，我心里的悲伤不知道跑去了哪里。

之后，另外两名调查人员来到我们的房间，说要确认冬子的行李。虽然他们对自己的目的一声也没吭，不过我观察他们的样子，发现他们好像在期待能搜出遗书。

当然，这两个人没有找到他们想要的东西。他们脸上露出非常明显的失望神色。

过没多久，胖子刑警也出现了，这次是说要我来帮忙确认。不用说，是确定冬子的遗物。

“可以请教您刚才我忘了问的事情吗？”

在前往餐厅的途中，我对胖子刑警说道。

“可以。你想问什么？”

“第一个是死因。”我说，“冬子的死因是什么？”

刑警略作思考之后回答：“简单说来，是全身遭遇剧烈撞击。那是岩壁，对吧？所以完全没有缓冲之处。不过死者的后脑勺有一个很大的凹陷，我想那就是致命伤。可能是当场死亡。”

“没有任何打斗的迹象？”

“目前还在调查，不过应该没有很明显的打斗迹象。还有什么别的问题吗？”

“不，暂时没有了。”

“那接下来，就麻烦你协助我们了。”

刑警推着我的背，于是我再次进入餐厅，看见瘦皮猴刑警站在一张桌子旁边，那张桌子上放着很眼熟的皮夹和手帕。

“这应该是萩尾小姐的物品吧？”

胖子刑警开口问我。我把这些东西一个个拿起来检查，是她的东西。空气中飘荡着她最后擦的香水味，我的泪水几乎要夺眶而出。

“确认一下皮夹里面的东西吧！”

胖子刑警从冬子最喜欢的赛琳牌皮夹里掏出里面的东西：提款卡、信用卡、现金六万四千四百二十日元……

我无力地摇摇头。

“我没有办法判断皮夹里面装的东西有没有异样。”

“嗯，也是。”

刑警将卡片和现金放回皮夹。

走出餐厅，我去了客厅，发现山森社长和村山则子坐在沙发上聊天。看到我，山森社长举起一只手。村山则子没让我看见她的反应。

“看来今天是不太可能回东京了。”

山森社长的表情看起来相当疲惫。他前面的烟灰缸里有大量烟头，堆成了梦幻岛般的形状。

“明天早上才回去吗？”我问。

“嗯，可能会是那样吧。”

说完，他又把香烟叼进了嘴里。

原本打算直接去二楼的我突然想起一件事，又折返。昨晚，令我的好朋友疯狂沉迷的弹珠台，静悄悄地摆在客厅的一隅。

正面的面板上画着一个穿低胸洋装的女人，手拿着麦克风载歌载舞。女人的旁边有个戴礼帽的中年男子，男人的胸口处是显示得分的地方。三万七千五百八十分。这大概是冬子最后的分数。

最后？

某个东西用力敲打着我的胸口。

——打完弹珠了？

——嗯，没办法，零钱都花光了。

冬子的遗物——提款卡、信用卡、现金六万四千四百二十日元。

……四百二十日元？

这不是零钱吗？我想。为什么那时她会那么说？因为没有零钱了，所以不能继续玩……

是不是有其他的理由让冬子不得不停止弹珠游戏？那个理由是不能让我知道的吗？

5

再次看到参加游艇旅行的所有人，是比昨天提早了的晚餐时分。昨晚的菜品以豪华的新鲜生鱼片为主，然而今天的餐点让人直接联想到家庭餐馆——肉排、生菜色拉、汤以及盛装在盘子里的米饭。看来冷冻食品和罐头全部出动了。

要是用餐气氛热闹一点，其实这样的菜色仍会让人吃得很开心。可是在座的几乎没有一个人开口说话，唯一听到的是刀叉碰撞餐盘的声音，让餐厅里的空气更显沉重，像是在接受什么严刑拷问。

我留下吃剩的半块肉排和超过三分之二份量的白饭在餐桌上，便起身离席，往客厅走去。旅馆主人森口一脸倦容地在那儿看报纸。

森口注意到我，便放下报纸，用左手揉着右边的肩膀。

"今天真是累坏了。"

旅馆主人说。

"是呀。"

"我也被警察告诫了一大堆事情，什么旅馆周围的灯光太暗了，还有悬崖那边的栅栏不够安全。他们彻底地让我清楚地知道'等事情发生就太迟了'这个道理呢。"

我完全找不到任何一句能安慰他的话，只好保持沉默，走到他对面坐了下来。

"我真是做梦也想不到竟然会发生这种事情。"不知道是不是因为我没接话，变成他在自言自语，"早知道会发生这种事情，就不该打什么麻将。"

"森口先生昨天晚上除了离开座位去给玄关上锁，都一直待在地下室的麻将室里吗？"

面对我的提问，他像是虚脱般点了点头。

"其实我很少会这样的，昨天真的拖太久了。只要是山森先生主动邀约的牌局，都很难拒绝。”

“您的意思是说，是山森社长主动说要打麻将的？”

“嗯，所以我才会叫上了主厨。”

“这样啊……”有点奇怪，我想。虽然说真要怀疑起来就会没完没了，不过利用森口作为不在场证明的证人，不是没有可能。

“那么您一直都和山森社长他们在一起？”

“是的，直到打完麻将，我们一起待在这个客厅里。这个过程，你也确实看到了吧？”

“是的。”

如果森口说的都是真话，那么若要去怀疑山森社长，果然说不过去。我向森口点头答礼，起身离开了客厅。

回到房间，我坐在书桌前，开始整理所有人昨天晚上的行动。冬子绝对不是意外死亡，也不是自杀，所以我只能从“某个人说了谎”这一点切入。

整理后的结果如下：

山森卓也、石仓佑介、森口和主厨：饭后一直待在麻将室。只有森口一个人在十点十五分为了锁门而离席。十点半，全员都到了客厅。

山森夫人、由美：十点前都在客厅。之后回房间，由美一个人就寝之后，夫人去了麻将室，和山森社长他们碰头，时间是十点左右。

竹本正彦、村山则子：距九点半前几分钟，都在客厅。之后上了顶楼。

金井三郎：九点半左右前在客厅。接着回房间冲了澡，之后去顶楼，这大概是在十点前几分钟。然后他和竹本、村山会合。

春村志津子：九点四十分前在客厅。受夫人之托到外面观察路况，回来后和夫人一起带着由美回房间，自己一个人上了顶楼。那个时候好像刚好是十点左右，和竹本、村山、金井一行人碰头。

奇怪。

重新审视这个结果，我发现了一个非常奇妙的现象。这个现象就是：所有人都像事前说好了似的，十点一到就全都聚在一起。聚集的地点分为两处，一处是麻将室，另一处是顶楼。

而且不管哪一边，都有最适合证明不在场证明真伪的第三者混在里面。麻将室那边是森口和主厨，顶楼那边是竹本正彦。

我无法将这个状况视为巧合。在我看来，这一切必定是某种精心策划的诡计所显示出来的结果。

问题在于：这里头究竟藏了什么样的诡计？

然而，身为一名推理小说作家，我却对这个诡计束手无策。

冬子，帮帮我吧——

我对着空无一人的床铺喃喃低语。

6

隔天一大早，我们从Y岛出发了。和来的时候一样，是一个相当适合乘游艇出游、风平浪静的好天气。

不同的是大家的表情和游艇行进的速度。山森社长明显地很着急，感觉好像在全心全意地驾船朝东京驶去。我只觉得这是他想尽早远离Y岛的表现。

乘客们全体沉默着。

来的时候被沿途景色深深吸引的人全都待在客舱里，几乎没有人出来。倒是竹本正彦的身影偶尔还会出现，但那张脸上同样写满了忧郁。

我坐在游艇后方的甲板上，继续思考着昨晚的诡计问题。灵感依旧没出现，而且好像没有要出现的兆头。

“小心一点。”

背后传来一阵说话声，我回头一看，发现山森夫人牵着由美的手上来了。由美头上戴着一顶帽檐很宽的草帽。

“怎么了？”

山森社长从驾驶室里对两个人说。

“由美说想听听海浪的声音，所以……”

夫人回答道。

“哦！不错嘛，如果坐在椅子上，就会很安全。”

“我也是这么觉得，可是……”

“看她高兴，依着她吧。”

可夫人好像还是犹豫了一下，最后她让由美在我旁边的椅子上坐下。虽然夫人什么话都没说，不过她大概觉得如果我在旁边，应该没什么问题。当然，我自己也打算小心一点。

“不要随便站起来哦，身体不舒服的话，一定要告诉爸爸。”

“好的，妈妈。我没问题。”

可能是女儿的回答让她稍微安心，夫人什么也没说就下去了。

一小段短暂的时间里，我们二人都沉默着。我本来还在想由美是不是不知道我在她旁边，不过事实并非如此，证据就是她主动开口对我说话了。

“你喜欢海吗？”

霎时，我没领会这个问题是向着我来的。可是周围除了我，应该没有别的人。于是我迟疑了一会儿，回答道：“嗯，喜欢。”

“海很漂亮吧？”

“是呀！”我说，“虽然有人说日本的海很脏，可还是很漂亮。但也要看当下的心情，很多时候会觉得很恐怖。”

“恐怖？”

“没错。比方说去年的意外发生的时候，你也觉得很恐怖吧？”

“……嗯。”

她低下头，双手指尖交叉。我们之间的对话暂停了一会儿。

“那个……”她的嘴巴又不太顺畅地蠕动了，“萩尾小姐……好可怜哦。”

我看着她苍白的侧脸。我总感觉到从她嘴里吐出这样的台词有点儿不自然。

“由美，”我一边注意着山森社长的方向，一边小声对她说，“你是不是有什么话想跟我说？”

“咦……”

“对吧？”

短暂的沉默。接着她做了一次缓慢的深呼吸。

“我不知道要跟谁说……也没有人来问我。”

原来如此，我暗自咒骂自己的愚蠢。我果然还是应该来问问这个看不见的少女。

“你知道什么，对吧？”

我问道。

“不是，算不上是知道什么。”

少女一边说一边好像在犹豫着。我莫名地觉得自己似乎能够理解她的心情。

“没关系，不管你说什么，我都不会大惊小怪，也不会说是你告诉我的。”

由美轻轻地点了点头，表情看起来稍微安心。

“真的……可能不是什么大不了的。”她像是要再次确认般地说，“只不过我记得的事情跟大家说的有一点点不同，所以我有些在意。”

“我想听听。”

我向她靠近。余光瞥向山森社长，他依旧沉默地掌着舵。

“其实是……志津子离开旅馆之后的事。”

“等一下，你说的志津子小姐离开旅馆之后，就是她去勘察你能不能在那条步道散步的时候？”

“是的。”

“在那之后发生了什么事？”

“嗯……在那之后，门开了两次。”

“两次？门？”

“玄关的门。虽然几乎没有发出声音，可是因为有风吹进来，所以我知道。是两次，没错。”

“请等一下。”我拼命地整理脑袋里面的东西，不太懂她话里的意思，“意思是，除了志津子小姐出去的那次，门还开了两次？”

“是的。”

“在这两次之中，有一次是志津子小姐回来？”

“不是。志津子小姐出去之后，玄关的门开了两次。之后，志津子小姐才回来。”

“……”

这么一来，就有两个可能：一是某个人出去又回来，二是有两个人相继离开了旅馆。

“那个时候，由美的妈妈在由美身边吧？妈妈应该知道是谁打开了门。”

“不，那个……”

由美语塞。

“不是吗？”

“……那个时候，我想妈妈大概不在我身边。”

“不在你身边？”

“是妈妈去洗手间的时候发生的事。”

“哦，原来如此！”

“妈妈不在的时候，玄关的门开了两次。”

“这样……”

我知道她所说的“我记得的事情跟大家说的有一点点不同”的涵义了。综合大家的说法，离开旅馆的只有志津子小姐一个人，哪怕她只离开了一步。难怪和由美的印象不同。

“两次的间隔大约是多久？感觉只有几秒钟吗？”

“不，”她微微偏了偏头，“我记得应该是听投币式点唱机里的歌唱到一半左右的时间。”

也就是说，隔了一到两分钟？

“那两次有没有什么不同？比方说开门的力道差别，等等。”

她对我的问题皱起了眉头，思索着。我知道自己问了过分的问题——任谁都不会对门打开的状况有兴趣。可是正当我想说“没关系，不用想了”的时候，她抬起头。

“这么说来，我记得门第二次打开的时候，有些微的香烟臭味。

第一次开门的时候，没有那种味道。”

“香烟的臭味……”我握着由美纤细的手，这好像令她的身体有点紧绷，“我知道了，谢谢你告诉我。”

“有帮助吗？”

“现在还不能明白地说，不过我想应该有非常大的帮助。但是这些事情，希望你不要跟别人说。”

“我知道了。”

少女轻轻点头。

我重新在椅子上坐好，将视线移向一望无际的大海。从游艇后方滑出的白色泡沫扩散成扇形，不一会儿便消失在大海里。我一边看着这幅画面，一边在脑海中不停地反复思考由美的话。

玄关的门开了两次——

不是某个人打开门去了外面又折返。像由美的证词所言，第一个出去的不是抽烟的人，第二个出去的是抽烟的人。这两个人在志津子小姐之后离开了旅馆，而且这两个人是在志津子小姐之后回到旅馆。

那么，是谁和谁？

每个人的话在我的脑海中旋转起来。

游艇在太阳高挂天空的时候靠岸了。从昨天起脸上就一直带着倦容的人，踏上本州岛的土地之后全都松了口气。

“那个……我先告辞了。”

取了行李之后，我对山森社长说道。他的表情看起来好像很意外。

“我们的车子就停在这里。如果你有时间的话，不如和我们一起到市中心去吧？”

“不了，我还要去别的地方办点事。”

“是吗？如果是这样，我就不勉强你了。”

“真是不好意思。”

接着，我去向其他人打招呼。大家的应答都客套得令人生疑，也让我觉得，知道我要先行离去，大家心上的石头好像都落了地。

“那我先走了。”

对大家轻轻点了头，我从他们身边走开了。虽然我一次也没回头，却隐隐约约察觉到他们投射在我背上的是怎样的视线。

当然，说有事是骗人的。我只想快点和他们分开。

由美说的话，让我终于得出了一个结论。当这个结论还藏在我心中的时候，我连一秒都没有办法和他们待在一起。

那实在是一个太可怕也太可悲的结论。

第九章　什么也没发生

1

从海边回来一周后的那个星期三，我去冬子家替她整理物品。

虽然对我来说，已经算是起得非常早了，不过当我到达的时候，她的姐姐和姐夫早已在家里开着吸尘器打扫了。我在葬礼上曾经和这对夫妇交谈过。两个人都伤心地歪着头，对于这种意外竟发生在冬子身上而感到不解。不用说，我也没办法好好对他们解释。

“如果你有什么想要的东西，请说，没关系。”

冬子的姐姐一边将餐具收到纸箱里一边说道。我之前也听过和这句话非常类似的台词——在打扫川津雅之的房间的时候。我那时把他用旧了的行程表带回家，然后在那里面发现了“山森”这个名字，随后开始了一连串的追查。

“好像有很多书，有你需要的吗？”

整理书架的冬子的姐夫对我说。他身材微胖，还有一双非常温柔的眼睛，让我联想到绘本里的大象。

“不用，没关系。我需要的书都已经向她借过了。”

“这样吗？”

姐夫重新将书本装箱。

虽然我向这对夫妇如此回答，但并不代表我对冬子的物品完全没兴趣。要说我今天来这里的目的，其实就是为了确认她的所有物。我是为了寻找某个目标物、某个能打开谜团的重要“钥匙”而来。

然而，这并不是能和眼前这两个人分享的事。再怎么说，我也不敢确定那个目标物是不是真的在这个家里。

冬子的姐姐整理餐具、姐夫整理书籍的时候，我则整理衣橱。非常适合穿套装的她，拥有的套装数量之多，令人咋舌。

当我这边的整理告一段落，大家便小憩片刻。冬子的姐姐替大家泡了红茶。

“你们和冬子好像很少见面。”

我向他们二人问道。

“嗯，因为妹妹好像总是很忙。”

冬子的姐姐回答。

“那么最后一次见面大概是什么时候？”

“嗯……今年过年的时候吧！她来露个脸向大家拜年。”

“每年都是这样吗？”

“嗯，最近几年都是这样。”

“双亲都不在了，所以家人其实不太在意这种事情。”

冬子姐夫的话里隐约带着一点自我辩解的意味。

“冬子和亲戚们的往来状况如何呢？在葬礼上，我好像看到了亲戚那边的人。”

“不怎么好。”冬子的姐姐说，“应该可说几乎没有交集。冬子参加工作之后，他们总是很频繁地跟她说相亲的事。那孩子因为讨厌那样，就不再出席亲戚们的聚会了。”

“冬子有男朋友吗？”

“不知道。有吗……”她和丈夫对视后摇摇头，“她拒绝相亲的时候，理由都是‘现在的我沉迷在工作中’。我们还想问问你呢。那孩子表现出‘我身边出现了不错的男人’的样子了吗？”

有吗？她看着我。我漾起客套的笑容，轻轻地摇了摇头。

“完全没有。”

冬子的姐姐露出一副“果然如此”的表情点点头。

接着，我们东聊西聊了一会儿，再次开始整理工作。由于衣橱那边已经整理完毕，我便开始整理壁橱。壁橱里收纳着取暖设备和冬天的衣物、网球拍和滑雪靴。

取出小型电暖炉之后，我发觉里头还有一个小箱子——木制的珠宝箱。不过以收藏真正的珠宝而言，这个箱子又显得太幼稚了，好像是初中还是高中的时候，冬子在学校美术课上自己拿雕刻刀刻出来的代用品。

我伸手取出那个箱子，试着把盖子打开。但不知道是因为发条没上还是器材生锈，应该镶嵌在内部的机芯竟然没有发出音乐声。

取而代之地引起我注意的是放在里头的一团纸。珠宝箱里完全没有存放任何首饰类的东西，只有这一团正好贴近珠宝箱内部尺寸的纸团。

我有一种预感。

“咦，那是什么呀？”

这个时候正巧来到我身边的是冬子的姐姐，她看着我的手。“好像吸油面纸哦！是什么东西要包裹得如此密不通风？”

“不知道……”

我一面克制着急的情绪，一面慢慢地打开纸团。出现在纸团中的，正是我要找的东西。

“哇，那个孩子这么宝贝这种东西呀！”

冬子的姐姐心平气和地说道。我表面上故作平静，心里则完全相反。

“请问，这个可以给我吗？”

对于我的要求，冬子的姐姐感到有些惊讶。

“这个？反正要什么都可以拿走，为什么不挑更好的东西呢？”

“不用了，这个就好。可以给我吗？”

“可以啊！没关系。可是你为什么要这种东西……”

“这个就好。”我回答，“冬子大概也希望我把这个东西带走。”

2

八月快结束了。

我在名古屋车站，刚从新干线下车。

看了时钟，确认赴约时间绰绰有余之后，我迈出步伐，打算从这里搭乘地铁。我一边看着头顶的标识一边走着，没想到从新干线的下车点去地铁站还要步行一大段路。

地铁里人潮涌动。地铁站这种地方，好像不管哪里都很拥挤。电车经过了我完全不知道名字的车站。我单手抓着便条纸，侧耳倾听电车里的广播。

到达目的地车站之后，我拦了辆出租车。虽然这里也有公交车，不过还是搭乘出租车比较快，而且目的地比较好描述。的确，在陌生的地方搭乘公交车，会令我感到不安。

出租车行驶了约莫五分钟之后停了下来。我爬上了一片陡峭的斜坡，来到了一个比周围高出很多的所在。旁边紧邻群山，正前方是一栋让人联想到武术家宅邸的豪宅。话虽这么说，不过这栋房子倒也并非只剩老旧。仔细看，会发现有一些地方细心地修复过了。

就是这家了。我马上这么觉得。看了门牌，我确定自己判断无误。

我深深地吸了一口气，按下门牌下方的对讲机按钮。

“来了！”

我听到一个十分年长的声音，和在电话里听到的并不一样，可能是清洁工或其他用人。

我报上姓名，告诉对方我是从东京来的。对方说“请稍候”之后没多久，玄关那儿就传来了开门声。

出现一名五十岁左右的女性，围着围裙，给人十分矮小的印象。她带我进入宅邸。

我穿过一间天花板高得吓人的客厅，里头摆放着年代久远的沙发以及似乎更加古老的桌子。墙壁上挂着某位我不认识的老爷爷的肖像，我想他大概是率领这个家族走向成功的大人物。

在我把脚尖伸进长毛地毯里玩的时候，刚才的清洁工又出现了，放下一杯冰咖啡。不知怎么的，她看起来很紧张，可能她已经知道我是为了什么而来到这里。

对他们来说，我应该确实是一位重要的客人。

等了差不多五分钟，客厅的门打开，一名穿着紫色衣服、身材和脸型都相当纤瘦的女性现身了。虽然她看起来与刚才那位貌似清洁工的女性年龄相仿，但是表情和态度大大地不同。我马上知道，这位夫人就是与我通过电话的那位。

夫人在我对面坐了下来，双手叠放在膝盖上。

“我的女儿在哪里？”

这是她的第一句话。

“我现在无法马上回答您。”我回答道。夫人的眉头好像抽动了一下。

“正如我在电话里向您报告的，令千金和某个事件有牵连。”

妇人凝视着我的脸，没有说话。于是我继续说下去：

“在那个事件解决之前，我无法将令千金的行踪告诉您。”

“那个所谓的事件要到什么时候才能解决？”

我稍微思考了一下，回答道：“很快，很快就会解决了。为此，您必须告诉我一些关于令千金的事情。”

妇人沉默了一会儿，脸上露出想起了什么似的表情。

“你把我女儿的照片带来了吗？我应该在电话里跟你提过。”

“带来了，不过拍得不是很好。”

我从皮包里取出照片，放在妇人面前。她伸手拿起照片，硬生生地吞了口口水，接着用力地点了一下头，把照片放回桌上。

“看来没有搞错。”她说，“没错，这就是我的女儿——虽然好像变瘦了一点。”

“她好像吃了很多苦。”我说。

“我想问你一件事。”妇人转变语气，我看着她的脸，“你说的事件究竟是怎么一回事？我完全不知情。”

我低下头，不知该如何说明。但我并非完全没想过这个问题，也早已准备好应对的方案。

我抬起头，和妇人四目交会。这个时候可不能移开目光。

“其实是……杀人事件。”

“……”

“令千金卷入了杀人事件。”

就这样，又过去了一点儿时间。

3

从名古屋搭乘新干线抵达东京站的时候，大约是刚过晚上九点。

我归心似箭，只想早一点回家，却不能那么做。我从名古屋打了电话和某个人约好要在今天晚上见面。

约定的时间是十点。

我走进东京车站附近的咖啡厅，囫囵吞下不知为何有点干的三明治，喝了咖啡，一边打发时间一边反复思索着到目前为止发生过的事情。

我十分确定自己已经抓到某个接近真相的东西了。不过，当然还是无法解决所有的问题。准确的说法是，某个最重要的部分还没有拼上。我有一种感觉——那应该不是仅靠推理就能解决的问题。推理是有极限的，更何况我也不是拥有超能力的人。

我将咖啡续杯，一边眺望着窗外的景致，一边站了起来。夜幕低垂，一股难以言表的悲伤同时袭来。

我在十点差几分钟到达山森运动广场前。抬头一看，建筑物玻璃窗的灯光几乎都熄灭了，只有二楼的一部分亮着。我发现那里正是健身中心。

在大楼前等了五六分钟，时间刚好到了十点整。我推了推正门旁边写着“员工出入口”的玻璃门，轻易地推开了。一楼的安全灯亮着，电梯好像也还可以使用，但我选择了爬楼梯。

健身中心空荡荡的，各式各样的设备不被使用时整齐排列的样子令我联想到某种工厂。实际上，恐怕没有太大的差别吧！我一路上净想着这些和正事毫无关系的闲事。

和我约好要见面的那个人坐在窗户旁边的椅子上，看着一本文库版的小说。察觉到我走近的动静，那个人抬起头来。

“我等您好久了。”

她说道，唇上泛起一如继往的微笑。

“晚安，志津子小姐。”我说，“还是……称呼古泽靖子小姐？”

我感觉她的微笑在一瞬间冻结了。不过那真的只是一瞬间的事，她马上恢复原本的表情摇摇头。

“不，叫我春村志津子就可以了。”志津子小姐说，“因为这才是本名。您知道吗？”

“嗯。”

“那么……”

她说着，示意我坐下。我便在椅子上坐了下来。

“我今天去了一趟名古屋。”

我说完，她垂下眼睛，好像用力捏紧了文库本。

“我想过您可能那么做——在您今天打电话给我的时候。”

“为什么？”

“我也不知道……就是有这种感觉。”

“是吗？”

我也在不知不觉中垂下眼睛。我不知该用什么方式切入一个未知的话题。

“请问……你为什么会知道我老家的事情？”

她问道。我突然有一种被拯救的感觉。

“因为我打算调查你的事情呀。”我说，抬起眼睛，她脸上的笑容荡然无存，“不过没那么容易了解，连户籍都没在东京登记。”

“是的。从书面资料来看，我应该还住在名古屋的老家。”

“是呀。因为不想劳师动众地调查，我费了相当大的工夫。”

“是哦……”

她平静地说道。

“说实话，我是从金井三郎先生这条线开始追查的。查找他的履历还真是出乎意料地简单。调查了户籍之后，我去了他的老家，在那里，有人告诉我他学生时代好几个朋友的名字，我就试着去找那些人询问。我的问题只有一个，就是他们有没有听过古泽靖子或春村志津子这两个名字。虽然只是我的直觉，不过我想你和金井三郎先生应该从学生时代就开始交往了。”

“有人记得我的名字，是吗？”

“有一个人记得。”我说，“是和金井先生在同一个研究会的。那个人说，在大学四年级校庆的时候，金井先生带了一位女朋友来，作自我介绍时，金井先生说那名女生是春村兴产董事长的女儿，吓了他一大跳。”

“……然后你就知道了我的老家。”

“老实说，我当时还真觉得自己非常走运，因为我原以为就算有人记得你，也不见得会连你老家的事情都清楚。可如果要打听春村兴产董事长的家，只要有电话黄页就够了。”

“然后你就打电话到我老家去了？”

“嗯。”

“家母应该吓了一跳吧？”

“……是啊！”

的确，春村社长夫人十分惊讶。当我对她说想和她谈一下她女儿的事情时，她用责备似的口气问我：志津子在哪里？

令千金果然是离家出走的吗？

面对夫人的问题，我这么反问道。然而我没有获得这个问题的答案，反遭以下逼问：

你到底是谁？如果知道志津子在哪里，请快点告诉我。

因为某个缘故，我现在无法告诉您。不过我保证不久后一定会让您知道。您能先告诉我令千金离家出走的原因吗？

这种事情没理由告诉一个素未谋面的人吧？而且你也不一定真的知道志津子在哪里。

看来志津子小姐母亲的疑心病非常重。无计可施之下，我只好这么说：其实是志津子小姐被卷入了某个事件。为了解决这个事件，我非得知道志津子小姐的事情不可。

“事件”这个词好像十分有用。我本来还想着大概又会再次被拒绝，但是夫人承诺，只要我直接去和她见面，她就把事情告诉我。

“然后你今天去了名古屋，是吗？”志津子小姐问我，我点点头，“这么一来，你就从妈妈那里问出我为什么离家出走了吧？”

“没错。”

这次换成志津子小姐点了点头。

从前年到去年为止，我们让志津子到美国去留学，目的是让她习惯外国的生活。

夫人用平淡的口吻开始叙述。

其实那个时候，我们一直在和某保险公司董事长的外甥谈结婚的事，因为那个人以后要去纽约的分公司，所以我们先让志津子过去适应一下。

但是志津子小姐本人并不知道这件事，而且她已经有喜欢的人了？

我的话让夫人的脸上浮现痛苦之色。

我们本该再多讨论一下，可是我的丈夫和女儿都没打算听对方的想法。结果志津子离家出走了。

你们去找过她吗？

找了。但是因为考虑到舆论压力，我们没有惊动警察。至今我们对外界的说法都是那个孩子还在国外。

“把你带出来的是金井三郎先生？”

我问，志津子回答道：“是的。”

“然后你们两个人跑来了东京——在没有人可以投靠的情况下。”

“不，我们有可以投靠的人。”她用缓慢的动作将文库本卷起来又摊开，“我在美国时认识的一个日本人当时在东京。我们是去找他。”

“那个日本人就是竹本幸裕先生？”

“……是的。”我注意到她捏着文库本的手又开始用力，“是竹本先生把三郎介绍给山森社长，让他在这里工作的，大概是在去年年初。”

“那时候你还没在这里工作？”

“嗯。”

“住处呢？”

“也亏得竹本先生帮忙。他的朋友去了海外，房子就租给了我们。”

“难不成那间房子的主人就是……”

“是的。”志津子小姐轻轻地闭上眼睛，“就是那个名叫古泽靖子的人。在必须使用身份证明的时候，我就借用古泽小姐留下来的社保卡；在遭遇事故需要录口供的时候，我也借用了她的名字。如果说出本名，老家的人就会知道……”

原来是这样。

“你之所以会参加游艇旅游，是因为三郎先生的邀约吗？”

“是的。自从到了东京，我一直关在家里，有点消沉，于是三郎便以换换心情为由，建议我参加。加上竹本先生也要去，更让我觉得有所依靠，也比较安心。”

“原来如此。”我了解地点点头，“主角们到齐，事故便发生了。”

她沉默地看着自己的手出神。我则抬起视线。一只飞蛾在荧光灯所在之处盘旋飞舞着。

“我有件事想请教。”不久，她开口说，“为什么你会怀疑我？”

我看着她，她也回看。过了一段漫长得令人害怕的时间。

“看来谈话的顺序颠倒了。”我叹了一口气，“我应该早点儿说结论，可是我害怕。”

她微微露出了笑容。

我继续说道：“犯人是……冬子吧？”

令人窒息的阴暗沉默地袭来。

“川津先生、新里小姐和坂上先生全都是被冬子杀的吧？”

我重复道。悲伤不知从何处急速地翻涌沸腾起来，连我的耳根都发烫了。

“是的，”志津子小姐静静地回答，“而那个人是被我们杀掉的。”

4

“解决事件的关键是由美的证词。”

我从 Y 岛回来的途中从她那里听来的话——志津子小姐出去之后，玄关响起两次开门声。

“是吗？”志津子小姐露出了很意外但又好像在某方面万念俱灰的眼神，“我还想着由美小姐眼睛看不见，应该不会注意到……果然做了这种事情，就会在某个地方露出破绽。”

“我试着推测了一下跟在你后面离开旅馆的人。”我说，“据由美所言，第一次开门的时候没有——但是在第二次开门的时候有——烟味。也就是说，第一个出去的是不抽烟的人，而第二个出去的是抽烟的人。先说抽烟的人好了——山森社长、石仓先生和金井先生。其中很清楚的是，山森社长和石仓先生在麻将室，排除他们二人之后，剩下的只有今井三郎先生。”

志津子小姐沉默着，我将她的沉默视为回答。

“问题是不抽烟的人。每个人都一定和另外一个人在一起，应该没有偷偷跑开的机会才是。那么难道有人做了伪证？我一一确认了大家的供词，其中有一个人的证词让我有点介意，怀疑起它的真实性。”

志津子小姐依旧紧闭嘴唇，好似想要看清来龙去脉，目光始终停留在我的脸上。

“那就是我自己的证词。”我一边慢慢地消化脑袋里的东西一边说，“和冬子一起躺上床的时间是十点左右——我一直对此深信不疑，但是其实根本没有什么值得相信的证据。能够确定的只是：我上床的时候看见闹钟指针指向十点。”

志津子小姐思考起我这番话的意思。没多久，她好像想到什么似的，倒抽了一口气。

“冬子小姐在闹钟上动了手脚？”

我点点头。

“我发觉有这个可能性。因为我平时不戴手表，所以看时间的唯一方法就是看房间里的闹钟。只要把闹钟调快一点或调慢一点，就可以轻易混淆我的时间感。而且冬子有对那闹钟动手脚的机会。她回到房间的时候，我刚好在冲澡，冲完澡又埋头工作，可以说瞬间就忘却时间还在流逝。如果她趁机把闹钟调快大约三十分钟，我们睡觉的时间就不是十点，而是九点半左右。”

此外，我还想到一点：平时习惯了不规律作息的我，只有那天非常想睡觉，而且入睡的时间是我无法想象的早。在那之前，冬子请我喝柳橙汁，恐怕那杯果汁里掺杂了安眠药。

我喘口气、吞口水之后继续说道：

“但是出现了问题。当闹钟指针指向九点四十分的时候，冬子看着窗外说：‘志津子小姐出去了。’如果闹钟调快了大约三十分钟，那实际上就应该是九点十分左右发生的事。可是你离开旅馆的时间倒真的是九点四十分，我的推测就出现了矛盾。解决这个矛盾的办法只有一个，就是冬子她早就知道你会在那个时刻离开旅馆。那么，为什么她会知道这种事呢？还有，为什么她要调快闹钟呢？‘调快闹钟’这一点让我回想起旧式侦探小说中制造不在场证明的手法。这样说来，就是她不得不使用这种小伎俩来制造不在场证明。”

志津子小姐没有说话，因为她是知道真相的。

“能够想到的只有一点。冬子和你约好在九点四十分在旅馆外头见面，然后打算利用这个机会杀掉你。对闹钟动手脚就像我刚才说的，为了制造不在场证明。”

我试着对冬子的计划进行推理。

她在客厅玩弹珠台的时候，悄悄地对志津子小姐说——内容大概是这样——我有事情想跟你说，九点四十分左右，我会在旅馆后面等你。

约好之后，冬子便赶紧回房间动手脚，偷空将闹钟调快三十分钟。然后当指针指向九点四十分的时候，她说看到了志津子小姐的身影。

我喝下掺了安眠药的果汁。

闹钟走到十点的时候（其实是九点半）上床睡觉。我昏昏睡去。

冬子偷偷下床，调正闹钟时间，一边小心不让别人看到，一边离开了旅馆。由美这个时候应该在客厅里，但冬子大概觉得没关系。

杀了志津子小姐之后，再蹑手蹑脚回到房间里，接着把我吵醒，作为她十点以后的不在场证明。这个时候，实际上我应该已经睡了超过三十分钟，却会产生“怎么只睡了一下子”的错觉。

不久，志津子小姐的尸体就会被发现，事情接下来的发展大概就和这次的情况差不多了。换句话说，就是确认所有人员的不在场证明。那个时候冬子应该会这么说——一直和我在一起。我也会帮她作证。

若九点四十分的时候有人看到志津子小姐离开旅馆，对冬子来说就更有利了，因为她也在同一时间看到了。这一点也可以证明闹钟的时间不曾被调整。

如果她的计划成功了，我可能至今还在谜团的漩涡里打转！

“但是冬子的计划失败了。”我说，“知道你要和冬子见面的金井先生也前往你们约好要见面的地方，然后在冬子要杀害你的时候及时出现，反而是冬子自己掉下了悬崖。”

“和你说的一样。”志津子小姐回答，“对于闹钟的事情，我无法做什么评论。听到你证明萩尾小姐十点钟还在房间里的时候，我们其实都吓了一跳。然后……冬子小姐她想杀我，也是事实。”

虽然这是我预料中的答案，但还是感到有一阵令我恍惚的绝望感袭来。

因为在我心底的某个地方其实暗暗希望志津子小姐否定我的说法，可惜这个微茫的期待已完全消失殆尽。

“我们来谈谈为什么会发生这种事吧！”我努力让心情平复，“冬子是竹本幸裕的女朋友吧？”

“……”

“我已经知道了。”

我从皮包里取出纸团——就是前几天去冬子家清扫的时候找到的那个东西。

剥开纸团后，我让志津子小姐看里头的东西。

“有印象吗？”

我询问道。志津子小姐摇了摇头。

“这是竹本幸裕先生去年参加旅行的时候遗留下来的物品中唯一被拿走的东西，是冬子擅自将它从竹本先生的房间里拿走的。”

志津子小姐瞪大了眼睛。

那是一个布满铁锈的随身酒瓶。

5

“希望你能告诉我，”我说，“在无人岛上究竟发生了什么事？以结果而言，如果不知道这一点，就一步也无法向前推进。”

志津子小姐将文库本放在一旁，合起手掌十指交扣。很明显，她很迷惑。

“我知道的事情如我接下来所说的：游艇遇到了意外，所有人都朝着附近的岛屿游去，然而只有一位男性没有办法到达。称呼那位男性为‘男朋友’的女人乞求着大家的协助，却没有人听进她的要求——这是从由美那里听来的。”

我一边观察着她的神色，一边说道。但是她的表情并没有什么显著的变化。

“我认为那个女人是为了要替死掉的男朋友复仇才不断杀人。可事实上并没有那么单纯吧？”

“嗯。”志津子小姐听到这儿，终于回答，“并不是那么单纯。”

“我完全没有想到，”我说，“但是有一个重要的关键，这个关键就在于竹本先生自身。”

我打开手上拿着的随身酒瓶的盖子，倒过来轻轻地摇了一下。从里头掉出来一个卷成细长棒状的纸条。摊开后，上面写着密密麻麻的文字。虽然已经有点晕开，但仍可以判读。

找到酒瓶已经让我十分惊讶，发现这张纸条更加让我震惊。

“我仔细看了一下，发现这是记载了意外发生时的情况的便条。大概他打算在回来之后写成报导而整理吧！会装到酒瓶里，也是考虑到这么一来就不会弄湿。这张便条中特别重要的地方是这里：‘山森、正枝、由美、村山、坂上、川津、新里、石仓、春村、竹本抵达无人岛。金井晚点到。’——从这张便条里，我发现没有游到无人岛的人并不是竹本先生。无法抵达的人是金井三郎！呼叫着‘求求你们救救我男朋友’的人，其实是志津子小姐！我从这张便条得知，并没有什么叫做古泽靖子的女性参加。”

“所以你才调查我的事？”

我对她的问题点了点头。

“命在旦夕的人实际上是金井先生，求援的人则是春村小姐；然而没有任何人伸出援手——发生了这样的事件之后，我不明白接下来的事情是如何发展的，最后死掉的为什么会是竹本先生。于是我开始调查你的过去，希望能找到一些线索。结果我还是什么都不知道，知道的只有为了爱情而离家出走这件事。”

“……是吗？”

她气若游丝般地说道。

“不过我试着照自己的思维，想象了一下那天在无人岛上到底发生了什么事。那件‘什么事’害竹本先生代替金井先生死去，而所有当事人都在隐瞒那个‘什么事’。这么一想，我大概就猜测到了。”

我直直地盯着她的眼睛，继续说道：

“在没有人愿意伸出援手的情况下，竹本先生去救了金井先生吧？然后救援成功的竹本先生大声责备其他决定袖手旁观的人。可能连要把这件事情公布在报章杂志上这种话也威胁出口了吧！于是和其中的某个人起了争执……那个人最后把竹本先生杀死了。”

我看见志津子小姐失去血色的嘴唇微微颤抖着。我克制着内心的激昂情绪，继续说道：“在场的所有人都赞成隐瞒这个事实。虽然对你们来说，竹本先生是恩人，可是照顾你们的山森社长说的话也不能违背……没错吧？”

志津子小姐静静地叹了口气，接着眨了好几次眼睛，用双手覆住脸。她的内心在和某种东西交战。

“没办法呀！”我的背后突然传出了声音。回头一看，金井三郎正以缓慢的步伐走来。

“没办法啊！”

他又说了一遍——是对着志津子小姐说的。

“三郎……”

金井三郎走到志津子小姐的旁边，双手紧紧地环扣住她的肩膀，只有头朝我这边转了过来。

“我全都告诉你吧！”

“三郎！”

“没关系，这样比较好。”他好像在搂住她的手臂上又施了点儿力气，眼睛仍看着我，“我告诉你。你的推理的确很精彩，但错误也有很多。”

他说完，我默默地点点头。

“事情的开始其实没什么，”他先说前文，“从游艇逃离的时候，我好像不知道怎么地被强力敲到了头部，昏过去了。”

“昏过去？在海上？”

“是的。因为我穿着救生衣，所以好像树叶一样在海上载浮载沉，而且昏迷的时候是不会喝进水的。”

我听过这种说法。

“其他人全都抵达了无人岛。志津子好像是到了那个时候才发觉我不在，于是她慌慌张张地将目光转回海上，看到了一个很像我的身影在海浪里漂浮。”

“我真的吓死了……”志津子似乎还没有走出那个时候受到的冲击。仔细一看，她甚至在他的臂弯里发抖。

“我慌忙跟周围的人说，请救救他。”

我认同地点点头。由美那时候听到的声音就是这个。

“但是谁也没帮你去救人吧？”我一面回想起由美的话，一面说道。志津子思考了一会儿，说：“因为海浪打得很高，天气也非常恶劣，我知道任谁也不想出手管这件事。就连我自己也没有跳回海里的勇气。”

“如果设身处地，”金井三郎沉重地开了口，“我也没有自信说敢去面对。”

真是困难的问题，我想道，并不是轻轻松松就能回答的。

“当我的心情转入绝望的时候，有个人说了一句：‘我去好了。’那就是你说的竹本先生。”

果然，我想。由美还没有听到这些话，就失去了意识。

“可是竹本先生并不是那种光靠着正义感就不计后果地往海里跳的人。因为他赌上了自己的性命，所以希望能够获得等值的报酬。”

“报酬？”

“她的身体。”回答的是金井三郎，“他好像在美国的时候就对志津子有好感。这是我微微察觉到的。不过他并没有横刀夺爱，毕竟他也有女朋友……可是他在那个场合，提出了这个要求。”

我看着志津子。

“然后怎么了？”

“在我回答之前，听到这席话的川津先生说话了。他说：‘在这种时候要求报酬，你是不是人啊？’然后竹本先生回答：‘你了解我的心情吗？什么都不知道的人没有插嘴的权利！’于是川津先生便开始拜托其他人去救三郎，因为他自己的脚受伤了……”

“但是没有人理会他的请求吧！”

“嗯。”志津子以微弱的声音回答，“大家都别开了脸。还有人说出‘还不是因为你自己脚受伤了才这么说’之类的话。”

“所以到了最后，你答应了竹本先生的条件？”

她紧紧闭上了眼睛，代替点头。

“那个时候的我，不管怎样都只想先救他。”

“然后竹本先生跳进海里，神乎其技地救起了金井先生……”

“就是这样。”金井三郎回答，“等我回过神，已经躺在地上了。我连自己为什么会在那里都不明白，唯一清楚的，只有自己得救了这件事。看看四周，我发现其他人也都躺着。我便开始打听志津子的下落。一开始，每个人都紧闭嘴巴，不肯跟我说。后来川津先生告诉我竹本先生和志津子的交易。接着，川津先生问我要不要想想办法说服竹本先生，我才急急忙忙地寻找他们的踪影。后来在远处一块大石的阴影下，我找到了他和志津子。竹本先生抓着她的肩膀，看样子好像要袭击她。”

泪水从坐在一旁听着的志津子的眼眶中流出，泪滴滑过白皙的脸颊，落在她的手上。

“那个时候……我并没有被袭击。”她用细丝般的声音说，“那个时候，竹本先生只是要在三郎恢复意识前跟我索要约定的报酬而已。可是到了那个节骨眼，我的决心动摇了。我跟他说不管要多少钱都没关系，希望他能忘记刚才的交易。但……他不愿意接受。‘不是约好了吗？只要你陪我一个晚上，我保证不再出现在你面前。’他一边抓着我的肩膀一边这么说。”

她说到这里，转过头看着自己的男朋友。金井三郎看起来很痛苦似的，低下头，很快，深深吸了一口气。

“但是在我的眼里，只觉得他在袭击我的女朋友。毕竟我刚从川津先生那里听说那桩交易。”他说，“我一边喊着‘住手’，一边用尽力气把他推开。他失去了平衡……头撞到了旁边的岩块，然后就再也不动了。”

金井三郎大概回忆起当时的情形，视线落在自己的双手上。

“我就这样……全身无力地看着倒下的他。志津子面对这个突然的转折，一下子无法反应，看上去六神无主。”

也就是说，没有实时抢救，我想。

“等我回过神来才发现，不知何时，山森社长跑了过来，测了竹本先生的脉搏后，他摇了摇头。我和志津子一起疯狂大喊，接着便抱头痛哭。可是无论怎么哭怎么喊，事情都不会改变——我这么想着，决定要自首。山森社长说话了。”

“他阻止你自首？”

像是要把牙齿咬碎似的，他点点头。

“社长说，竹本是个卑鄙的男人，抓住别人的弱点要求肉体报酬，这是最低级的人才会做的事。我采取的是保护恋人的行动，没有必要去自首——”

“然后山森社长提议处理掉尸体。”

“是的。”

他说完，志津子小姐也深深地点了头。

“社长也征求了其他人的同意。他认为竹本先生的行为是卑劣的，我的行为是正当的。”

“结果所有人都同意山森社长的话？”

“大家都同意了，每个人都不停地咒骂着竹本先生。只有一个人——只有川津先生不认同这种保护志津子贞操的正当防卫，但是被其他人驳回了。”

那个时候的情况，我几乎可以感同身受。

若要把事件的真相公诸于世，金井三郎差点死了的事实当然就非提不可。这么一来，除了竹本之外的其他人为什么没有出手救人、他们都在干什么之类的问题就会被提出来。如果事情演变成那样的话，他们毫无疑问地会被舆论的责难所吞噬。

也就是说，这是一个黑暗的勾当：借着帮忙隐瞒金井杀死了竹本，来隐瞒大家对金井的见死不救。

"最后我们统一下来的意见就是决定把尸体处理掉。不过说是处理，其实也没特别动什么手脚，直接丢到海里去就好了。找不到尸体当然是最好，如果不幸找到尸体，那附近的暗礁那么多，大概也会被推测是他在游泳的时候被海浪卷走，不小心撞到头。"

事情的发展好像真跟他们设想的一样。要说唯一的失算，就是竹本幸裕的酒瓶没有被海水冲走。

"被救援队救出后，你们觉得一定会被叫去海上保安部问口供，所以在那个时候，所有人便都套好了说辞吧？"

"没错。也顺便麻烦大家统一口径，称她为古泽靖子。"

"原来如此。"

"我在意外发生之后观察了一阵子，发现我们的行为没有曝光的迹象。没过多久，志津子就来运动广场工作，原本租住的公寓也换掉了。说到公寓，真正的古泽靖子小姐从国外回来之后不知道又搬去了哪里。这么一来，我就确信，真相几乎彻底被埋藏到黑暗里去了，觉得所有的事情都进行得很顺利。"

的确，所有的事情都进行得很顺利。只不过，事实上，在他们没想到的地方暗藏着陷阱。

"但实际上不是这样吧！"

"是的。"金井三郎发出相当沉重的声音，"今年六月，我看到川津先生来找山森社长谈话，好像说在他出门旅游的时候，有人潜入他的公寓。"

"公寓？"

"嗯。最重要的一点就是——资料好像有被偷看过的迹象。"

"资料就是……关于在无人岛上发生的事情的资料？"

金井三郎点点头。

"川津先生好像一直受良心的苛责，也说过希望在未来的某一天能将这件事情公开，好让他接受世人的审判。山森社长则生气地叫他快点把那些东西烧掉。”

“因为怕那些资料会被别人看到，是吗？”

“是的。”

“潜入房间偷看资料的嫌疑人就是冬子？”

“可能是。”

故事的轮廓浮现出来。

山森他们的计划确实进行得很顺利，但在意外的地方暗藏着陷阱：竹本幸裕随身携带的酒瓶里出现了他写下的便条，发现便条的人是他的女朋友萩尾冬子——她应该是在过世的情人的家里打扫的时候发现的。

之后，冬子的想法，我像是握在手里一般清楚。

冬子看到了竹本幸裕的便条，开始对他的死产生疑问：明明应该已经到达无人岛的男朋友为什么会死掉？为什么每个人都说谎？

这个疑问只有一个答案：他的死是人为造成的，而其他人全都和这件事有关系。

冬子这个人，绝对会为了查明真相而做全盘的调查。不过我想事件关系人的防护网很坚固，于是她直接去找了他们当中的一个人，那个人就是川津雅之。由于彼此都是出版界的人，接近他并没有那么难。想尽办法和他混熟之后，她大概打算问出无人岛上的真相！

可是和他混熟的人不是她，而是我。我想这应该是她最大的失策。不过在这种状况下，她还是尽了最大的努力，那就是趁我和雅之去旅行的时候潜入他的房间。钥匙方面，只要把我一天到晚带着的那把拿去取模就好了，旅行的日程她也能够轻松掌握。

就这样，她知道了发生在无人岛上的事情，然后决定报仇。

“没过多久，川津先生又来到山森社长这里谈事情，内容就是他好像被盯上了，而且似乎不单单只是被盯上，听说之后一定会有信寄过来。”

“信？”

“是的。在白色的便条纸上用文字处理机打出来的，只有11个字：‘来自无人之岛的满满杀意’。”

来自无人之岛的满满杀意——

“我真的吓得发抖了。”金井三郎像是再度回想起那个时候的寒气，紧紧抓着自己的手腕，“有人知道我们的秘密，而且那个人打算向我们复仇。”

满满杀意……吗?

目的大概是利用这种预告信来将恐惧深植在他们心中。

“川津先生被杀害的方式清楚地传达出对方的怨念。”金井的手没有放开，继续说道，“报纸上明明写他是被毒死的，凶手却大费周章地击打了他的后脑勺，再扔进港口。我想那大概是为了重现竹本先生的死亡场景。”

“场景……”

那个冬子……总是冷静的、脸上永远挂着温柔笑容的冬子……

然而，也不是完全无法想象，我再一次想到。她的内在的确好像总有炽热的火焰在燃烧。

“当然，那个时候，我们还不知道犯人是谁。总之，先做该做的事情，把川津先生留下来的事故记录取回来。那也好不容易才成功。”

“偷跑到我家的人是你?”

“我和坂上先生，我们两个真的是拼了命。取回来之后，马上烧毁。谁知道才过了没一会儿，就换成新里小姐被杀了。”

之后的事情我大致上都知道了。因为不能让新里美由纪在我的逼问之下不小心把事情的真相说出来，所以冬子匆匆忙忙地杀掉她！冬子可能认为若想复仇计划顺利进行，就不能让我太早知道真相。

她虽然替我安排和新里美由纪见面，但实际上，她应该早一步先跟美由纪约好见面了。

“到底是谁开始复仇行动的?为了查明这一点，我做了各种调查。竹本先生弟弟的行动，我也查过了，但是没有得到任何线索。然后我知道了你正一步步朝着真相逼近。在无法忍受的情况下，我威胁了你好几次。”

“潜入我房间里在文字处理机上留下讯息，又在健身中心袭击我?”

他挠挠长满胡子的下巴。

“全都是我的擅自妄为。但是山森社长生气地大骂了我一顿，说做这种事情不是更容易刺激对方吗！”

的确，这两个警告的结果就是让我振奋起来调查。

然后下一个遇害的马上换成坂上丰。

他的遇害应该和新里美由纪遇害的时点差不多，也就是当他打电话来表示想和我们见面的时候，虽然冬子说时间和地点还没有决定，但其实已经决定了。地点一定就是在那间练习教室里，然后冬子一个人赴约，将他杀害。

“坂上先生特别害怕那个复仇者，”金井三郎说，“于是他对山森社长提议把一切都公诸于世，因为这么一来，警察就能保护大家了。可实际上那个时候就已经有‘萩尾小姐很可疑’这种说法浮出来了。”

“为什么会有那种说法呢？”

“山森社长派村山小姐彻底调查了竹本先生的过去，发现竹本先生出版第一本书的时候，编辑就是萩尾冬子小姐。任谁都会觉得，如果是偶然，就太奇怪了。”

是呀！我意识到了自己的愚蠢。竹本幸裕这个作家的相关情报几乎全是从冬子那里得来的，她向我隐瞒了整个事件中最重要的部分。

“因为觉得萩尾小姐大有问题，所以社长想到了‘条件交换’这个办法。换句话说，就是我们会对目前为止发生的杀人事件保持沉默，条件是请萩尾小姐忘了无人岛上发生的事。但是要进行这样的谈判，必须握有萩尾小姐就是犯人的证据。于是，社长决定将坂上先生当作诱饵，要他谎称自己什么都愿意说，借此接近你。山森社长认为这么一来，萩尾小姐一定会想办法杀掉坂上先生。而事实上，石仓会事先埋伏在坂上先生和萩尾小姐约定的地点，等到萩尾小姐准备动手的时候，石仓便依照计划马上跳出来谈条件。”

“……可是坂上先生还是被杀了。”

“没错。据石仓先生的说法，萩尾小姐用偷偷携带的铁锤往坂上先生的后脑勺敲下致命的一击。事情发生得很快。”

“……”

我的口中再次涌出了唾液。

“之后连石仓先生也不敢出去了。”

“他居然不敢？”

石仓那张自信满满的脸孔在我的脑海中浮现。他不敢出去？

“谈判地点便移师到Y岛去了。”

金井三郎说到这儿，眉毛又痛苦地揪在一起。对他来说，接下来发生的事情可能更难以启齿吧。对我来说又何尝不是？

“过程跟你刚才推理的一样，只不过主动邀约的人不是萩尾小姐，而是志津子。她跟萩尾小姐说，有重要的事情要告诉她，希望她在九点四十分左右到旅馆后面去。”

我点头，几乎全都明白了。

“一开始，只有我一个人和萩尾小姐谈。”志津子小姐用冷静的声音说，可能情绪稍微平复了，“谈着谈着，虽然不是很愿意，我还是告诉了她条件交换的事。”

“但是冬子没有答应吧？”

是的，她用非常小的声音回答。

“萩尾小姐就这么沉默地开始动手攻击志津子。听到条件交换的说法之后，她的怨恨反而好像倍增了。”

我看着金井三郎。

“你就在这个时候现身了？杀掉了冬子？”

“嗯……”

他露出带泪的笑容，摇了两三下头。

“真是愚蠢啊。为了保护志津子，我竟然杀死了两个人。而且这次也被山森社长他们庇护了。”

我无法回答。我觉得就算说了什么，也都不会出自真心。

金井三郎仍搂着志津子小姐的肩膀，志津子小姐则一直静静地闭着眼睛。

看着眼前这两个人，我的思绪突然落到冬子和竹本幸裕的关系上。

“那个……冬子已经知道事情的始末？”

两个人看着我，停顿了一会儿，点点头。

“那就表示她也知道竹本先生渴求志津子小姐的肉体的事？她难道不认为那是作为男朋友的背叛吗？”

我说完，志津子小姐用真挚的眼神看着我，说道：

“我也这么跟她说过。‘你不恨那个除了自己的女朋友之外还想要别的女人的男人吗？’我这么问她。但她的回答是否定的，她这么说：‘每个人都有优点和缺点。虽然我经常烦恼于他的女性交友观，但我也非常爱他那种遇到紧急时刻就会赌上性命去做事的活力。何况，他渴望的只是你的肉体，不是心。’又说像我们这种什么都做不到、只会说她男朋友很卑鄙的人才是最卑贱的。”

“……”

“现在的我……也这么觉得。”志津子小姐颤抖着嘴唇说，“那个时候要救三郎，就非得有陪葬的觉悟不可。竹本先生用自己的生命当赌注，要求的只是一个女人的身体，还是成功之后才索要的报酬。”

无尽的情绪波动又开始在我的体内沸腾。

“还有，冬子小姐恨的不只是我们，还包括其他人。其实不单单是因为我们隐瞒了杀死竹本先生的事情。”

“不单单是？”

我回看着她，感到有点意外。

“不是的。”志津子小姐的肩膀微微发抖，“你不是知道竹本先生的尸体被发现时的状况吗？那个人的死状类似被卡在岩岸里，所以海上保安部的警察才会判断他是被海浪卷走，在某个地方的暗礁撞到头，在快要断气的时候游到了岩岸上。”

我知道她闭口不谈的原因了。我的背脊上起了一阵莫名的寒意，身体也跟着颤抖。

“总而言之，”志津子小姐说，“竹本先生没有死，只是昏过去而已。我们把他丢到海里的行为才真正要了他的命。川津先生的记录里载明了这一点。”

原来是这样啊——

所以冬子的复仇极尽残酷之能事。在她看来，男朋友等于被杀了两次。

“这就是全部的真相。”

金井三郎一边说一边扶着志津子小姐站了起来。她把脸埋在男朋友的胸膛里。

“你要怎么处置我们？”三郎问道，“把我们送到警察局吗？我们已经有心理准备了。”

我摇摇头。

“我不会有什么反应。”我看着他们俩的脸说，“我不会再有任何行动了。再做什么，都是多余的。”

我转过身朝右边走去。沉默包围着我们。空无一人的健身中心，此刻看起来仿佛是坟场。

下楼梯的时候，我回过头。那两个人仍在目送我。

“春村家的人会来把志津子小姐带回去。”我对他们说道，“我和春村家的人约好要告诉他们志津子小姐在哪里，不过我看就算我不说，他们迟早也会找到这里来。”

他们俩互看彼此的脸。然后我看到金井三郎对我点点头。

“我知道了。”

“那我走了。”

“嗯。”然后他又说：“谢谢。”

我耸耸肩，微微举起手。

“不客气。”

我走下了黑暗的楼梯。

6

原先打算直接回家的我坐上出租车之后改变了心意，对司机说了不是我家的目的地。

“高级住宅区，您住在那里吗？真厉害。”

脸型细长的司机的语气中含着些微的嫉妒之意。

“不是我家，”我说，“是朋友的。虽然年纪还没那么大，但已经事业有成了。”

“果然是呀！”司机一面叹气一面操控着方向盘，“已经不能做一些理所当然、中规中矩的事情了。现在这个时代呀，不做些大胆的事情可不行哦。”

“还要不管别人死活呢。”

“嗯，没错。现在不把人当道具看不行呀。”

“……是呀。”

然后我沉默了。司机没再多说一句话。

霓虹灯在车窗外飞快流过。冬子的面容在其中浮现。

她是用什么样的心情看着我调查这件事的呢？

应该会感到不安吧？担心我总有一天会知道真相的那种不安。不过说不定她觉得我不可能会知道的想法比不安更为强烈。在真相未明的情况下，她大概觉得，假装协助我，对她来说比较有利吧！因为她可以借此若无其事地接近山森一行人。

那么，她是怎么看我和川津雅之之间的事呢？难道那也只不过是她复仇计划中的一环？杀死好友的情人，她丝毫不觉得内疚吗？

不，我想应该不是这样。

在川津雅之死后和我一起难过的她，脸上的悲伤表情不是假的。那是为失去男朋友的至交好友着想的真切眼神。也就是说，至少和我在一起的时候，她不是那个杀掉川津雅之的萩尾冬子，而是我永远的最好朋友——

总之，现在……我只想这么相信。

“在这附近吗？”

突然出现的声音将我唤回现实。车子驶入了住宅区，于是我开始指路。

因为之前我曾经送由美回来过，所以还记得山森社长家的位置。建筑物正对面有一间可以停放四辆进口车大小的车库，旁边是大门。从大门处望进去，可以看出主屋在非常深的里面。

“好高档的房子。”

司机一边赞叹，一边把零钱找给我。

等出租车开走之后，我按下了对讲机。过了好一阵子，我才听到一名女性前来应答，是山森夫人的声音。当我说想和山森社长见面的时候，她用十分冷酷的口吻回答道：

“请问您事先预约了吗？”

都已经是这个时间了，她会觉得不太高兴也是理所当然的。

“我没有事先约好。”我对着对讲机说，“不过如果麻烦您跟您丈夫说来的人是我，他应该会愿意跟我见面。”

夫人大概非常火大！她粗鲁地切断对讲机。

等了一下，大门侧边通用出入口的门那儿传来“咔嚓”一声。我走近，转了门把，很轻松地打开了门。看来这里设有远程开锁装置。

沿着铺有石头的路一直走下去，我到了玄关。门上装饰着品位庸俗的浮雕。打开这扇门，我看到披着睡袍的山森社长正等着我。

“欢迎。”

他说道。

他引领我到他的书房。墙壁上排满了书架，大概收藏了好几百本书。书架的尽头有一只酒柜，他从里头拿出一瓶白兰地和玻璃杯。

“怎么样？今天晚上又有什么要事？”

他一边将斟满白兰地的玻璃杯递给我，一边问道。我感觉有一种甜甜的香气在房间里飘散开来。

“一直到刚才，我都和志津子小姐在一起。”

我开口试探道。他的表情只在一瞬间僵了一下，旋即恢复了自信满满的笑脸。

“是吗？聊了什么有趣的事情呢？”

“我全都知道了。”我果断地说，“在无人岛上发生的事情，以及冬子死掉的原因。”

“然后呢？”

“没有然后了。”我说，“我想那两个人大概不会回来，也不会再出现在你面前了吧！”

“是吗？那就没办法了。”

“这不是你计划中的结局吗？”

“计划中?”

“嗯。还是——要是那两个人能殉情就太好了?”

“我不太理解你的意思。”

“不要装傻了。”我把玻璃杯放在桌上，站到他前面，“你自从知道犯人是冬子，就一直希望金井先生和志津子小姐能杀了她吧?”

“他们这么说吗?”

“没有，因为他们被你骗了。不只他们两个，你还骗了坂上丰先生。”

山森社长抿了一口白兰地。

“希望你能跟我解释一下。”

“我就是为此而来的。”我舔舔粗糙干燥的嘴唇，“你的最终目标是让无人岛事件成为只有家人知道的秘密。自己、妻子、弟弟、侄女——除此之外的人都是碍事者，因为他们不知道什么时候就会不小心把无人岛上的秘密泄漏出来。刚好川津先生和新里小姐都被不是家人的凶手杀死，所以接下来你就设计杀害了坂上先生。”

“很有趣!”

“虽然你的剧本是请坂上先生和冬子见面，然后在千钧一发之际让石仓先生上场救人，不过我想，你从一开始就没打算救他吧?”

他将玻璃杯从唇边拿开，我看到他扭曲的嘴唇。

“伤脑筋!要怎么说你才能理解呢?”

“请不要再演这种不堪入目的戏了。”我毫无顾忌地说，“重游Y岛的真正目的就是要杀死冬子吧?你早就看穿冬子根本不可能答应那个交换条件，然后预测冬子大概会被金井先生杀死。”

“我可没有预知能力。”

“不是预知，是预测。然后你打算在警察来的时候，让所有人说法一致，互相替对方做不在场证明。于是你选择Y岛这座孤岛，还请竹本正彦这个第三者来参加，只为了增加不在场证明的可信度。而实际上，冬子也为了制造自己的不在场证明而使了些伎俩，这更让你们的计划完美无缺。”

说完，我仍瞪着山森社长。坐在椅子上的他用毫无感情的目光看着我。

“你的意见之中包含了很大的误解。”山森社长笔直地盯着我说，“我们对于那个时候采取的行动一点都不觉得可耻。就算现在回过头看，我们还是觉得自己是正确的。的确，我们没有去救金井的勇气，但是我不觉得那是不符合人道主义的行为，你懂吗？在那种场合，根本不可能做出绝对完美的选择啊！我们选择了比较好的路，所以没有必要觉得丢脸。竹本那个人反而才是最没水平的。即使他愿意赌上自己的性命，要求报酬也仍是非常卑劣的——更何况还是要求那种报酬。”

他的说话方式充满了自信。如果我什么都不知道，一定会被他的这种口气欺骗。

“我可以问一下吗？”

“随你想问什么都可以。”

“所谓绝对完美的选择，就是所有人都平安获救吗？”

“嗯，是啊！”

“然后你说那是不可能的。”

“我的意思是说不可以做出那种选择，因为实在太危险了呀！”

“那么当竹本先生决定去救金井先生的时候，你为什么没有出面阻止呢？”

“……”

“也就是说，你根本就没有说三道四的资格！”

我不假思索地大声吼出来，无法抑制爆发的情绪。

沉默在我们二人之间持续了好一阵子。

“唉，算了。”他终于开口了，“你要说什么是你的自由，虽然一直这样紧咬着不放让我有点介意。只不过，什么都不会改变。”

“嗯，”我点点头，“什么都不会改变，也不会再发生什么了。”

“就是这样。”

“我最后还有一个想请教的问题。”

“什么呀？”他的目光变柔和了，不过那也只出现了片刻。他的视线好像被吸引到了我的后方。我顺着他的视线回头一看，发现由美穿着睡袍站在门口。

“你起来了？”

山森社长的声音中充满了在与我从刚才到现在的对话中无法想象的柔情。

“是写推理小说的老师吗？”

她问道，脸朝着跟我所在的位置不太一样的地方。

“嗯，是啊！”我说，“不过我要回去了。”

“真可惜，我好想跟您聊聊。”

“老师很忙，”山森社长说，“不可以强留住人家。”

“可是我只要说一句话就好，老师。”

由美一面贴着墙壁前进，一面伸出左手。于是我向她靠近，紧紧握住那只手。

“什么呢？”

“老师，那个……爸爸跟妈妈不再被谁盯上了吧？”

“嗯……”

我屏息，转头看向山森社长。他的视线躲向墙壁的方向。

我用力握住由美的手回答道：

“嗯，对呀！已经没事了，什么事情都不会再发生了。”

她小声地呢喃了一句：太好了。小精灵般的笑容在她苍白的脸上荡漾开来。

我放开由美的手，转过身面向山森社长。还有最后一个问题，不过不能在这里开口问。

我从皮包里掏出一张名片，在背面用原子笔写下几个字。然后我走向山森社长，伸手将名片举到他的视线正前方。

“不回答也没关系。”

看着名片背面的他，脸看起来好像有一点点歪斜。我把名片收回皮包里。

“那么，请保重。”

他没有回答，只是一直紧紧盯着我的脸。我把他留在原地，转身朝门口走去。由美还站在那里。

“再见。”

她说。

“再见，保重哦。”

我回答她，然后头也不回地离开了。

回到自己家里的时候，已经超过一点了。

信箱里有一封信，是冬子任职的出版社的总编辑寄来的。

我先去冲了个澡，然后裹着浴巾直接躺在床上。今天真是超级漫长的一天啊！

接着我伸手拿起那封信。信封里塞着两张信纸，用十分有礼貌的措词写着最近会替我介绍新的责任编辑，并没有特意提及冬子的死。

我用力将信纸扔了出去。深刻的悲伤袭来，突如其来的眼泪爬满了我的脸庞。

冬子——

那样就好了吧？我出声问道。除了那样的做法之外，我实在想不到别的方法了——

不用说，没有人回答我。谁也无法给出答案。

拿过皮包，我从包中取出名片——那张刚刚给山森社长看过的名片。

“你应该也发现了竹本先生那时没死吧？”

我看着这张名片约莫十秒钟，慢慢地将它撕裂。事情走到这步田地，问这个问题可能已经没有任何意义。谁也无法证明真相，就算证明了，也不能改变什么。

撕成碎片的名片从我手里散落，啪啦啪啦地掉在地上。

或许，对我的考验，接下来才将正式开始吧！

不过接下来的事情随便怎样都好。

因为我已经觉悟。

不管明天会发生什么事，我现在只想好好睡一觉。